青春阅读　幸得相见

大鱼

有爱的青春陪伴者

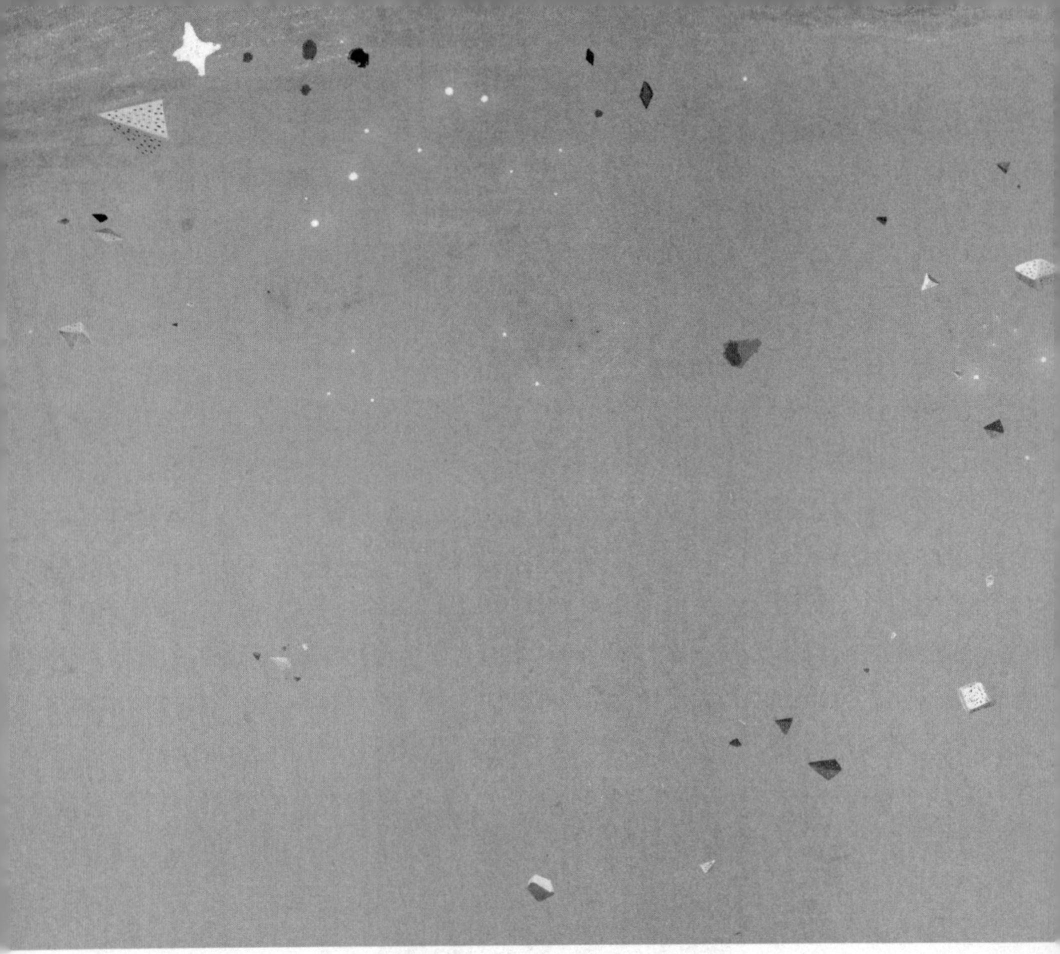

她第一次见到他，她教会他说话，教会他写字，
她趁他睡着偷偷亲他的脸颊……
她忽然觉得，
这一辈子虽然短暂，但也值得了。

鹿拾尔 著
ZHU

初恋的小鹿怦怦跳

百花洲文艺出版社
BAIHUAZHOU LITERATURE AND ART PRESS

·作者简介·

鹿拾尔

| 小 花 阅 读 签 约 作 者 |

永远的超级英雄电影狂热粉。

没有故事，但喜欢听故事和写故事。

希望能一直行走在路上，遇见有趣的人，成为有趣的人。

伙伴昵称：612、桃子

已出版：《忆我旧星辰》《听你说你愿意》《扑通扑通的恋爱》《鱼在水里唱着歌》《听我的话吧》《但使洲颜改》

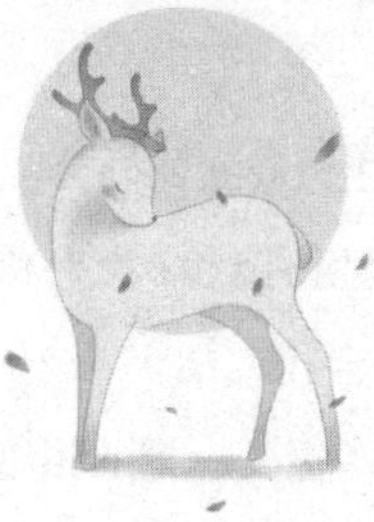

作者前言

人生不如意十之八九，
所以故事要甜一点

在写这个故事的过程中，我正在重温我最喜欢的一部英剧 *Doctor Who*（简称 *DW*）。

这个故事的男主角程逾已和 *DW* 的主角一样，都是外星人。

但他没有 *DW* 里 9 叔的黑皮衣，10 叔的长风衣，11 叔的蝴蝶领结，12 叔的天鹅绒外套。他不是时间领主，没有时间机器，没有音速起子，没有两颗心脏。

如果非要说他们有一点相同，那大概就是孤独。

用一句话概括这个故事那就是：一个孤独的灵魂，找回了他的归宿。

故事里的女主角戚长璇有一个很疼爱她的外公，他行事雷厉风行，很有威望。虽然长璇的父母不在身边，但外公总是会为她撑腰替她出头。

写这个故事的时候，我总是忍不住想起我的外公。

我的外公是一个特别好的人，他性格温和，为人和善。他喜欢唱歌，毛笔字写得好，绘画栩栩如生，还会拉二胡。

他在阳台上栽满了花，旁边摆着一摞又一摞的报纸，他每个下午都会坐在摇椅上看报纸。

外公每天早上都在我上学的必经路上锻炼身体，我骑着自行车经过的时候，总能看见他的身影。偶尔他锻炼结束了，买好包子走路回家，正好撞见我，还会把包子塞给我，生怕我匆匆忙忙去上学忘吃早餐。

小时候喜欢画画喜欢看书，他便指导我画画，还给我买绘本，给我买各式各样的童话书和唐诗宋词。记得我小学的时候，写了一首关于荷花的诗，兴高采烈拿去给外公看，外公一直夸我写得好。他夸过我无数次文笔好，长大以后要去当记者，这样他就能在他常看的报纸上看到我的名字了。

可几年前，疾病还是带走了他。

从此，阳台上再也没栽过花，外公家里再也没订过报纸。

这辈子我印象最深的有两句话。

第一句，是外公在病重的时候，他说的。当时，他躺在病床上话也说不清了，但还是努力跟我说话，最后我好不容易才听清他在说什么，他在安慰我：不是你听不清，是我讲不清。

我哭得很厉害。

另一句，是我在写这个故事的时候，外婆说的。

我的小舅舅戴好安全帽系着安全带高空作业，却因为现场安全措施不到位，脚下安全带松动断裂，从十几米的高空坠落当场身亡。

外婆知道小舅舅摔了下来，却被家里人瞒着她死讯，只知道小舅舅生死未卜时，她急得拿后脑勺撞床靠背，边哭边问我：要是他摔断手摔断腿了，以后怎么办啊？

我一点办法也没有。

人生在世，很多事情都无法控制。

在写故事的时候，不管故事里的主角会经历怎样的坎坷挫折，我总是愿意给他们一个好的结局。

人生不如意十之八九，所以故事要甜一点。

希望看到这个故事的你们，能喜欢这颗糖。

鹿拾尔

目录

CHULIANDEXIAOLU
PENGPENGTIAO

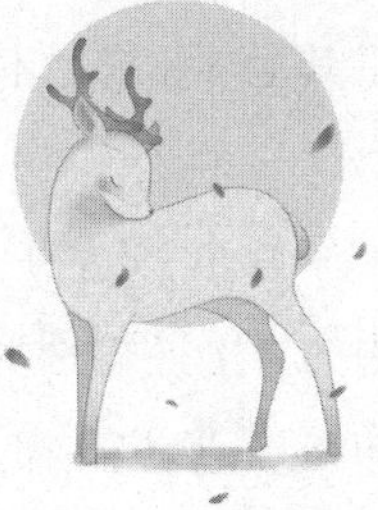

第一章 不吵不相识

九月的第一天是启风学校的开学典礼。

她是第一个在国旗下发言的。

她脸上挂着标准的笑容，语速虽快，嗓音却温软，让人听着很舒服。十分钟后，她礼貌地鞠了一躬，伴随着掌声，一溜小跑站到了班级队伍末尾。

各个班级分为两队并排站着，男生一队，女生一队。

不少好奇的视线追随着她轻盈的脚步，看着她后脑勺上扎得很高的马尾，在燥热的空气中骄傲地划过一道好看的弧线。

哦，原来是市三中的第一名戚长璇。

后排不少人在肆无忌惮地说话。

愿意转来启风的学生大部分是其他学校避之不及的差生，他们完全不把开学典礼当回事。

戚长璇认准同班一个熟面孔，低声斥道："左顾，给我安静点！"

正在和前后几个刚刚熟悉起来的男生说笑的左顾一个激灵，笑容僵在脸上。他乖乖住了嘴，心里却暗骂：装模作样。

站他后面的男生有些意外，问道："你认识？"

左顾苦笑着点点头。

不只是认识，那戚长璇，可是伴随他整个童年的女瘟神，不过，这话他绝不敢说出口。

"她怎么会转来启风？"那男生纳闷道，"我在以前学校就曾听过她的名字，这类尖子生，市三中不是该抢着留下吗？"

左顾摇摇头没说话，心里却嘟囔着：谁让她是启风学校最大股东的千金呢？为此学校格外优待她，不仅安排她在国旗下讲话，还把跟她相熟的几个人和她安排在了同一个班级。

"她长得怪好看的，肯定人也很好吧？"那男生还在说话。

"人很好？"左顾终于忍不住开口，他听不得夸奖戚长璇的话，一撇嘴，"那是你还没见识过她的真面目。"

"左顾！"

听到戚长璇的声音，左顾赶紧站直了身子，噤若寒蝉。

女生队伍里，陈斯圆正在和莫鲤小声说话。戚长璇拍了拍莫鲤的肩膀，莫鲤便退后了半步，给她腾出一个位置来。

“七七。”陈斯圆待她站定后，扭头冲她挤眉弄眼，“发挥得不错呀，隔壁班好几个男生都看直了眼。我看最迟不过中午，你就会收到一沓情书。”

戚长璇长得漂亮，皮肤白皙怎么也晒不黑，不管在哪里都引人注目。比如现在，明明大家都穿了校服，可她还是最显眼的那一个。

戚长璇绷着脸，神色不变，顺带还把陈斯圆的头给扳了回去。

她的语气却有点无奈：“我刚作为优秀学生代表讲完话下来呢，给点面子行不行？”

陈斯圆扑哧一笑：“行行行，我不说话。”

话虽这么说，没老实几秒钟，陈斯圆又扭过了头。

这次她的声音里明显夹杂着几分兴奋：“哎哎哎，七七、莫鲤，你们快看，那是从市一中转来的宿淮吧？”

“谁？”

“宿淮，特出名！”

戚长璇答得干脆：“不认识。”

“拜托，除了游戏，你多关注关注帅哥好不好。”陈斯圆指着三两步跨上国旗台的那个修长身影，如数家珍，“宿淮，那可是市一中出了名的优等生，不仅成绩好，长得还阳光帅气，之前还接受过市电视台的采访呢。”

果然，随着他的出现，操场上便引起一阵骚动。

启风学校是市里新建的一所集小学和中学为一体的示范性学校，为了扩充高中部的生源，市领导下发通知，要求各个学校分一小部分学生去启风就读。于是，戚长璇读完高一，便转到了启风。

除了戚长璇原因特殊外，大部分转过来的都是成绩不太好的一群学生。毕竟好生源，每个学校都想自留。

所以宿淮的到来，让不少人都感到惊讶。

戚长璇眯了眯眼却还是看不太清，她有点近视，偏偏今天起得匆忙，忘了戴隐形眼镜。

“真是老天开眼，让我如愿以偿跟宿淮男神一所学校了。”陈斯圆兴奋地跟着大家一起鼓掌。

戚长璇漫不经心地鼓了下掌，手就放了下去，她疑惑道：“他什么时候成你男神了？”

“你不懂，长得帅的都是我男神！哎……要是能拥有男神的联系方式就好了。”陈斯圆默默花痴。

她不信陈斯圆的眼光，侧头问身后默不作声的莫鲤：“莫鲤，你之前也是市一中的吧？宿淮真这么出名？真长得那么好看？”

莫鲤嘴里嚼着口香糖，目光在台上顿了顿就飞快移开，她双手抱着胸，不屑地轻哼一声："小白脸有什么好看的。"

话音刚落，身后不远处传来一声嗤笑，戚长璇耳朵尖，眯着眼朝那个方向看去，却只看到旁边那排末尾孤零零站着一个高高瘦瘦穿黑色衬衫看不清模样的男生。

他好像并没有注意她们的谈话，正望着另一个方向出神。

大概刚才听到的轻哼，只是自己的错觉。戚长璇想着。

散场后，同学们鱼贯而出。

操场通往教学楼的出入口总共就三个，她们并不急，慢吞吞地等着别人先出去。

陈斯圆一手挽着戚长璇一手挽着莫鲤，欢快地给她们"科普"宿淮的事。

戚长璇没什么兴趣听，心不在焉地敷衍着："这样啊……那很棒啊……"

莫鲤更没什么兴趣听，手一伸进口袋，眉头便皱了起来。她手机不见了，估计是刚才人多给挤掉了。

她拉开陈斯圆的手："我东西掉了，你们先走。"

戚长璇赶紧接话："我陪你去。"

"不用。"

戚长璇遗憾地看着莫鲤走远，刚一收回视线就听到陈斯圆兴奋地惊呼了一声："哎哎，宿淮就在前面！"

戚长璇回神，目光在前头人群里寻了寻："哪个？"

"就那个，你看到那个穿黑色衬衫的没……"

陈斯圆边说边挽着戚长璇快走几步，正要带她去见识见识宿准的风采，可惜话还没说完，一个个子娇小的女生便抢先一步拦在了目标人物面前："哎，同学等一下！"

她眼神微微闪烁，脸颊泛红，一脸真诚地对并肩一起走的两个男生说："不好意思啊，同学，我钥匙不小心掉了，你们差点踩到了。"她边说边偷偷瞟黑衬衫旁边的那个男生。

让戚长璇跌破眼镜的是黑衬衫接下来的行为——他直接无视了那个女生的话，余光都没打算给她一个，径直踩在了她的钥匙上。

"咯吱"一声，她仿佛听到了那个女生的钥匙在哀号。

那个女生也没想到黑衬衫居然毫无反应，她委屈地一撇嘴，伸手试图扯住他的衣服，却抓了个空："喂，同学，你踩到我钥匙了！"

黑衬衫还是目不斜视。

戚长璇最见不得男生欺负女生，不顾陈斯圆的拉扯阻拦，帮着那个女生出头："喂，你到底有没有礼貌？人家跟你说话，你听不见吗？"

看清黑衬衫模样的那一瞬，戚长璇微微一愣。

他刘海长过眉眼，薄唇紧抿着，虽然看不清具体样貌，但整个人气质阴郁，周身弥漫着生人勿近的气息。

说实话……和"帅"这个字不太挨边。

戚长璇再一次在心里对陈斯圆的审美产生了怀疑。

黑衬衫终于停下脚步，吝啬地斜了那个女生一眼，最后目光落在戚长璇身上。他嘴角扯出讥嘲的笑容，声音却是冷冷淡淡的："你是谁？"

戚长璇从没见过这么不讲道理的人。她正要说话，只见他旁边的男生弯腰主动把那串钥匙捡了起来，那男生贴心地抖了抖灰才递给那个女生："抱歉，他不是故意的。"

他个子和黑衬衫的"宿淮"差不多高，但两人气质截然不同，他明显要比黑衬衫长得清秀干净很多。

那个女生一下子绽开笑容，有些羞怯和欣喜："没关系，没关系。"

见她不在意了，戚长璇耸耸肩打算走，却听到黑衬衫嘲弄地笑了一声，声音莫名有些熟悉。

不待戚长璇细想，耳边传来那个女生自我介绍的声音："学长你好，我是高一年级的……"

戚长璇心一沉，有些明白过来了，所谓的钥匙掉了，其实是故意引起他们注意的吧。

"不好意思。"

捡钥匙的男生礼貌冲那个女生点头笑了笑，目光不经意地划过戚长璇和陈斯圆，在她们身旁顿了顿，然后和黑衬衫一起走远了。

戚长璇看着他们远去的背影，挑挑眉："看来这个宿淮人不怎么样嘛。"

陈斯圆莫名其妙："宿淮明明很好很有礼貌啊。"

"这还叫好？踩了人家钥匙还一副大佬的样子。"

陈斯圆一脸尴尬："七七，你认错人了。"

戚长璇不解："认错人了？那个穿黑衬衫的、没礼貌讨人厌的不是宿淮吗？"

陈斯圆回想起那个人格外冷淡的眼神，莫名打了个寒战，感觉一阵凉意。

她小声解释："我刚刚是想说，他旁边那个就是宿淮。"

戚长璇："……"

上午第一堂课是班主任的数学课。

不巧得很，她们跟刚才那个黑衬衫一前一后踩着上课铃进了同一个教室。

陈斯圆后怕地扯了扯戚长璇的衣服，戚长璇则翻了个大白眼，权当没看到他。

高二（9）班的班主任是个姓马的中年男子，时时刻刻乐呵呵的，脾气很好。课堂上，老马宣布由戚长璇担任班长。

陈斯圆欢呼雀跃，左顾却是一阵哀号。

戚长璇回头瞪了左顾一眼，余光却注意到那个黑衬衫男生一个人坐在第一组最后的位置。可能他气场天生与别人不同，周围人忙着认识新同学，讨论得热火朝天，他却半点没有跟人搭话的意思，此刻正伏在课桌上睡觉。

扫了一眼，戚长璇便收回了视线。

下午自习课的时候，老马去开会了，把换座位的重任交给了戚长璇。

教室里乌烟瘴气的，没有人在听她说话。

本来就没几个愿意认真学习的好学生，大家都在各干各的，几个女生在照镜子、剪指甲、涂唇膏，几个男生在篮球场场地划分的问题上争执不休，好好的自习课教室像个菜市场一样。

戚长璇也不着急，在讲台前站定，慢吞吞地从粉笔盒里挑了一根粉笔，掂了掂，然后视线在教室里一扫，找好目标，精准地砸在了埋着头不知道在干吗的左顾头上。

"哎哟！"左顾摸摸头顶，气恼地抬起头四处张望，"哪个这么无聊砸老子？"

戚长璇单手托着下巴笑吟吟地看着他，大声说："左顾，现在上课呢，麻烦把你的小黄书收起来哦。"

左顾看到是戚长璇一下子蔫了，脸红一阵白一阵地辩驳："我……我才没看小黄书！"

全班哄堂大笑，笑过之后终于渐渐安静下来。

左顾默默把手机往抽屉里一塞，敢怒不敢言。

他的父母和戚长璇的父母是世交，所以他和戚长璇之间，说得好听点叫青梅竹马，实则他一直被戚长璇压迫。不知道中了什么邪，他爸妈特别喜欢戚长璇，从小到大他就被迫一直围着戚长璇转，戚长璇转来启风，他便也跟着转了过来。

偏偏戚长璇最喜欢做的事情就是羞辱式杀鸡儆猴，而倒霉的他，从小到大担任的都是“鸡”的角色。

戚长璇笑眯眯道：“好了，现在开始调整座位，大家要是配合的话，放了学我请大家喝奶茶。”

新班长不仅长得好看，人还大方，大家自然愿意给她面子，纷纷答应。

戚长璇拿着花名册开始念：“现在念到名字的同学答个到，自己记一下新的位置，一组第一个李子溪，一组第二个……”

前面几个都进行得很顺利，大家开始收拾书，准备移动。但在念到“程逾巳”这个名字的时候，没人作声。

她手指在花名册上敲了敲，不厌其烦地再度喊：“程逾巳！”

还是没人应声。

戚长璇抬眸：“程逾巳同学是哪位？”

通过几个同学的手势指引，戚长璇的目光落在了一组最后那个伏在课桌上睡觉的身影上，他保持这个姿势已经很久了，他旁边则站着个手足无措的男生。

她心里暗咒一声，朝他的方向走过去。

她好脾气地敲了敲他的桌子："程逾巳？"

程逾巳缓缓抬起头，盯着她看了一两秒。他头发有些凌乱，但神情里并没有困意，明显没有在睡觉。

不等她说话，他便烦躁地丢下一句冰冷的话："滚开，不换。"

他的不配合让气氛一点即燃，戚长璇扬了扬音调："别人都换，你为什么不换？"

程逾巳低低地嗤了一声，懒得再搭理她，再度伏在了桌子上。

站在程逾巳旁边等他起来腾位置的男生叫魏靖南，他有些发怵，小声劝戚长璇："要不算了吧？"

戚长璇冲魏靖南微微一笑，她这人最大的一个优点就是够执着，别人不敢惹他，但她敢。

她站在他课桌前，再度喊："程逾巳？"

没反应。

"程逾巳？"

还是没反应。

"哗啦"一声，刚刚发下来被垒得很高的新书全部被推倒，通通砸在了程逾巳的头上和背上。

戚长璇一脸歉意地望着终于有反应的程逾巳："不好意思，手滑。"语气却丝毫没有道歉的意思。

他再度抬起了头，一脸烦躁。

“程逾已同学，”戚长璇双手撑在他的课桌上，面上仍旧带着笑意，“可以给魏靖南同学让个位置吗？你的位置是三组第八个，你现在坐的是魏靖南的位置。”

程逾已冷冷扫了眼站在跟前的魏靖南。

魏靖南瑟缩了一下，主动说：“要不算了，我去坐三组第八个吧。”

程逾已从喉咙里轻轻“嗯”了一声。

戚长璇对魏靖南不争气的行为表示无语：“这本来就是你的位置，有什么好让的？”

魏靖南小声解释：“不是，反正我已经收拾好书了，换过去比较方便，程同学可能是觉得不太方便吧……”

戚长璇不让：“你这次让，下次让，但总不能永远让下去吧？”

“我真的坐哪里都可以……”

程逾已不耐烦地“啧”了一声，打断了他们的话。

“有完没完？”他眼神冷淡。

戚长璇一点不怕他：“你起身挪个座，自然就完了。”

程逾已双腿交叠，像是没骨头般懒散地倚靠在墙上，修长的手指轻叩在课桌上，嗓音微哑：“之前是故意丢钥匙，现在是故意丢书，接下来还打算丢什么？”

戚长璇一愣。

他嘴角微微上挑的弧度有些邪气，但眉眼依旧薄凉：“你丢不丢人？”

她愣了几秒才明白他是什么意思，加上早上的矛盾，敢情他把自己当成故意纠缠的追求者了。

周围的同学开始哄笑。

换作别人，早就羞得满脸通红了，戚长璇自认心胸宽广，不跟他一般见识，反倒弯着唇跟着大家一起笑，笑完了才说："程逾巳同学，你有点自恋哦。"

她笑起来很好看，温温软软的，澄澈的双眼弯成了月牙状，任谁看到她这么笑，都发不起脾气。

她弯腰与他对视，自信地指着自己的脸，用只有他们俩能听到的音量说："我喜欢你？说出去谁会信？"

说完，她就站直转身回了讲台。

程逾巳目光平静无波。

她放了他一马，没再坚持让他换位置，但麻烦很快接踵而来。

晚自习的时候，政教处的老师在开学第一天来检查纪律，在试图推开9班后门时，遇到了阻碍。

程逾巳的课桌和他的前座相距很远，恰好抵住了后门，老师在外头用蛮力推，直接把他的课桌推开，弄出了好大的声响，引得9班同学频频看过来。

此次纪律检查，政教处的老师原本是想暗暗进行的，结果弄出一番动静，让政教处老师出了糗，把班主任老马给骂了一顿。老马找到戚长璇询问原因，戚长璇自然是有苦难言。

虽然老马没责怪她什么，却也让戚长璇面子上有些过不去，心里不爽，觉得他是故意跟自己对着干，她对程逾巳更加没了好感。

她一肚子坏水往外冒泡，琢磨着什么时候把场子找回来，反击他一回。

周五的第七、八节课安排学生做全校大扫除，检查完卫生，没问题的话就可以提前回家。

程逾巳负责的区域是 9 班和 8 班之间的楼梯。

楼梯上人来来往往的，一般都打扫得比较干净，本以为程逾巳会偷懒，没想到他还是认真打扫拖了每一级阶梯。

但在卫生检查的时候还是出现了状况，楼梯上散落着不少垃圾，甚至比打扫前还要脏，9 班被扣了分。

毫无意外，程逾巳挨了老马一顿训。

他没解释什么，被人恶意捣乱这种话，即便解释了也没人会信。

陈斯圆有些于心不忍："七七，咱们这样欺负新同学不太好吧？"

刚才正是戚长璇指使倒垃圾的左顾把垃圾故意倒在程逾巳负责的打扫区域里的。

"有什么不好的，"戚长璇义正词严，"是他先欺负我的。"

说完一顿，她觉得"欺负"这个词有些不太对劲，改口："是他先招惹我的。"

远远地，在走廊挨批的程逾巳忽然往她们这个方向瞟了一眼。

陈斯圆吓得要往旁边躲，戚长璇却大大方方回视他，甚至给了他一个挑衅的眼神。

戚长璇以前在市三中惹是生非的事干了不少，但以前那些事要么大家一起替她瞒着，要么左顾替她背了锅，没人会传出去。这次也一样，根本不会有人猜到是她干的。

程逾已回过头不知道对老马说了句什么，老马突然也朝她们的方向看过来。

教室里人已经走得差不多了，只有打算看程逾巳笑话的戚长璇跟陈斯圆还留在这儿。

戚长璇赶紧低着头认真擦了擦墙壁瓷片上并不存在的灰尘。

“长璇啊！”

老马在喊她。

戚长璇在陈斯圆同情的目光中硬着头皮走过去：“马老师，有什么事吗？”

老马和蔼可亲地望着她：“是这样，程逾巳说他的任务量太重，申请找人帮忙。”

戚长璇傻眼，“啊”了一声。

“你放心，他偷懒不干活我已经批评过他了。你是班长，想必很愿意帮同学这个忙吧？”

戚长璇干笑：“啊？我……”

“那就这样定了。”

“……”

没想到要自食恶果，戚长璇心里一百个不愿意。

等老马走后，她拿着拖把心不甘情不愿地指挥害她要多干一份活的罪魁祸首：“你扫地，我来拖。”

程逾巳没说话，拿着扫把和撮箕上了楼梯。见他沉默，戚长璇更是有恃无恐，继续指挥：“扫干净一点，不要放过任何一个死角，听见没？要是等会儿老马过来检查，还是不干净……”

话还没说完，只见程逾巳用力挥了一下扫把，灰尘尽数落到了仰着头的戚长璇身上。

戚长璇气得跳脚，不停拍打着头发。

“喂，你会不会扫地？”

程逾巳扫她一眼，不咸不淡地说：“谁让你站这里？”

戚长璇：“……”

敢情他还有理了。

戚长璇气鼓鼓地打算反驳，但下一瞬，她仿佛看到他似有若无地翘了翘嘴角。他侧脸的弧度惊人的好看，明明是闷热的天气，他身上却一点汗也没有。

她莫名心头一动，心里那股气也消失了。

大概是看花眼了，戚长璇安慰自己，算了算了，大人不记小人过，大美女戚长璇不跟讨厌鬼程逾巳计较。

搞完卫生后，戚长璇伸了个大大的懒腰，现在就等老马过来验收了。

她懒洋洋地靠在椅子上正要休息，扭头就看到程逾已收拾好东西准备走人了。

“喂，你要走啊？”

程逾已只当没听见，眼看着他就要走出后门了，戚长璇一个翻身站起来，眉头拧成一团：“喂！”

他停住脚步：“你跟我说话？”

废话，教室里只有他们两个人，不是跟他说话，难道是跟鬼说话啊？

戚长璇心里腹诽，面上却和和气气的：“我说，老马不是说过让我们等他来验收吗？”

他冷淡地问：“我叫‘喂’？”

戚长璇深吸一口气：“程逾已同学，老马说要等他检查完卫生才能走。”

他轻嗤：“我没阻止你等。”

说完，他就踏出了教室后门。

戚长璇气极反笑，故意恶劣地说：“那我可要跟老马说，卫生全都是我做的哦。”

“随便。”

“嘁，什么毛病。”

戚长璇重新坐下，左右等得无聊，便翻开习题册开始做题。

没做两分钟，走廊上传来老马的声音："不错，楼梯打扫得很干净。"

戚长璇沾沾自喜，正要出去告状，便听到老马一声惊疑——

"怎么回事？长璇啊，你负责的墙壁没擦吗？"

"啊，我擦了呀。"

"那为什么这么脏？"

"怎么可能，我明明擦得……"一走出教室，戚长璇就惊呆了，她负责的区域沾了不少黑色的泥点，像是被甩上去的。

不用想就知道，罪魁祸首肯定是程逾巳。

她咬牙忍住想吐血的冲动，把墙壁瓷片当成程逾巳的脸，恶狠狠地一遍遍地擦，同时在心里翻来覆去地把他骂了无数遍。

没几天，除程逾巳以外，戚长璇很快和班里同学打成了一片。

她很好说话，班里同学偶尔上课打个盹、吃吃零食，她睁一只眼闭一只眼就过去了。

这天课间跑操后，戚长璇懒洋洋地趴在课桌上，百无聊赖地翻着书打了个哈欠："好无聊啊，莫鲤，咱们干脆翘了晚自习去网吧打游戏吧？"

莫鲤答得直接："不去。"

戚长璇哀怨道："这么不给面子。"

她骨子里是个散漫自由的人，成绩好一方面得益于有天赋，另一方面是因为从小她被爸妈催促着上各种补习班，学习进度一直比同年级的学生领先一截。这次头一回当班干部，兴奋劲过了，她又恢复了本性，脑子里只想着怎么偷懒。

陈斯圆把脑袋凑过来："不如咱们放了学去花萝街那边看电影吧？"

戚长璇没什么兴致："电影有什么好看的？"

"最近好像有一部还不错的爱情片上映，我蛮感兴趣的……对了，说起来，昨天我在花萝街那边看到程逾巳了，可能他家就住那边。"

花萝街尽头是一小片别墅区，戚长璇读小学的时候也住那边，后来随着家里房产越来越多，便搬到了离学校近的地方住。

戚长璇撇嘴："说他干吗呀？"

陈斯圆八卦道："听说他是从很远的地方转过来的，成绩很差，而且一直独来独往的，也没见他和班里其他同学说过话……怪惨的。"

"所以？"

陈斯圆笑倒在戚长璇肩头："你可是班长，依老马对你的宠爱劲，说不定会让你一对一辅导他学习呢？"

戚长璇脸色变了："呸呸呸，少说丧气话。"

她再也不想和他有任何接触。

陈斯圆哈哈大笑。

上课铃响起，陈斯圆穿越大半个教室回了自己的座位。

在老师来之前，戚长璇戳了戳前座莫鲤的后背，问她：“你手机找到没？”

莫鲤心情不太好，摇头：“算了，不要了。”

她那天去找手机，整个上午都没来上课，但还是没找着。学校里不准用手机，估计是被老师看到给收缴了。

手机是她妈妈的，开学那天专门留给她联系用的，过几天她妈妈出完差回来要是发现她把手机弄丢了，不知道会怎么骂她。

“怎么能不要？这样，我等会儿去找老马问问，看是不是被人捡到了。如果真的被捡到了，我肯定能帮你要回来。”戚长璇拍拍胸脯保证。

“算了，麻烦。”

“不麻烦，不麻烦。”戚长璇狡猾地笑，“只要能让你答应陪我去打游戏就不麻烦。”

莫鲤好笑：“你游戏瘾还能再重点吗？”

“去嘛，去嘛。”

莫鲤被她磨得没脾气了：“好好好，我陪你去。”

戚长璇一脸得逞的笑容。

莫鲤原来是市一中的，经常跟男孩子混在一起喝酒打架什么的。高一的时候，戚长璇喊了一帮人浩浩荡荡去教训一个校外收保护费的流氓时，正好跟莫鲤那伙人碰上，他们两伙人目标一致，敌人的敌人就是朋友，遂一拍即合。

不比戚长璇是个虚架子，莫鲤可是个名副其实的大姐大。从那以后，莫鲤这个名字不仅在她心目中占据了重要位置，还金光闪闪的。

莫鲤这学期本该读高三的，但因为一次打架留级了，这才转到了启风学校。

戚长璇没细问，莫鲤也没打算说。

但计划赶不上变化，晚自习的时候，英语老师临时布置了一场测试，作为班长，戚长璇不仅自己要做题，还得负责监考，翘课计划只能搁置。

莫鲤不把考试当回事，考试进行到一半，左右不会做，她觉得无趣，便一个人溜了出来，出了教室才发现没地方可去。

除了没完没了的聒噪蝉鸣声外，校园里很安静，她漫无目的地逛了逛，忽然想起什么，摸了摸随身背的包，转身溜进了操场外的停车棚里。

停车棚的灯坏了，忽明忽暗的，她却毫不在意。

没几分钟，身后突然传来一个声音："你在干什么？"

莫鲤躲在停车棚角落里看最新出的漫画，正看得入神，没想到会被人抓包，差点把嘴里的口香糖吞进去，害得她咳嗽连连。

一只手在她后背轻轻拍了拍：“你没事吧？”

她抗拒地甩开那只手：“不用你管。”

她这才看清对方的脸——宿淮。

他眉头轻轻地蹙着，面容清俊好看，看一眼就叫人忘不了。

宿淮手指一顿，缓缓放下。他脖子上挂着学生会的牌子，看样子是在检查纪律的途中发现她的。

他扫了眼她手里崭新的漫画书，神情恢复平静：“现在是晚自习时间。”

莫鲤嗤笑一声，下意识地对他这副高高在上的样子感到厌烦：“关我屁事。”

“回去上课。”他说。

她目光向下，扫了眼他手里的纸笔，故意语气轻佻地问：“怎么，我不回去的话，你会扣我分吗？”

宿淮的眼睛牢牢盯着她，沉默了半晌，他才说：“不会。”

“那不就得了。”莫鲤不屑地一扯嘴角，从自行车后座起身，打算走了。

“等一下。”

莫鲤装作没听到。

“你的手机。”

莫鲤停住了脚步，飞快地转身从他掌心里把手机拿了过来。她警惕地问："怎么会在你这里？"

"班上同学捡到的，正打算交给老师的时候，被我拦住了。"

莫鲤敷衍地点了下头，"哦"了一声。

没打算道谢，她把手机一收就打算离开。

"我还没说完。"

她又停了下来，生硬地说："还有什么事？"

停车棚的灯暗了下去，黑夜里，他的白衬衣有些刺眼。

顿了几秒，他开口："你装作不认识我？"

莫鲤笑了一声："可不敢沾宿淮男神的光，再说了，让崇拜你的女生们知道你认识我这个原一中之耻也不太好吧？"

宿淮说："我无所谓。"

莫鲤笑得更欢："我介意行不行？"

她从裤子口袋里掏出才发下来就已经变得皱巴巴的校卡："看不懂字吗？"

"莫鲤。"宿淮念出她的名字，他的目光在名字旁边的照片上流连了一会儿。

"对，莫理，莫理我好吗？"

她不再看宿淮的脸色，头也不回地走了。

说起来，她跟宿淮在市一中的时候就有过一段渊源，不对，或许用"孽缘"这个词更合适。

非要深究的话，她之所以留级，还是拜他所赐。

她不怨他，找他麻烦，就已经很好了。

莫鲤摁亮手机屏幕看了眼时间，现在已经九点半了，马上快下课了，她要赶在下课前回教室。

屏幕壁纸是她的一张艺术照，她妈非让她拍的，而且还不顾她的阻拦设置成了壁纸。

她暗咒一声，改天一定要把这张该死的壁纸换掉。

·

燥热的九月在平淡中落入尾声，月考结束没几天，就到了放国庆长假的日子。

本该开开心心迎接难得的国庆长假，戚长璇心情却异常低落，她暗搓搓地在陈斯圆的名字旁多加了三个字——乌鸦嘴。

陈斯圆一语成谶了。

这次月考，班上同学的成绩异常差，除了戚长璇毫无悬念考了第一，以及少数几个同学考得还不错以外，大部分同学多门成绩不及格，总分差距悬殊。

老马重点点名批评了程逾巳，他不仅经常不交作业，这次考试多门科目的卷面居然大片大片地空白，稳稳占据了倒数第一的位置。

下课前，老马让班里成绩好的多多辅导成绩差的，他指定了几个一对一辅导人选，程逾巳这个 bug 一样的存在，顺理成章落到了戚长璇头上。

老马下了死命令，在下次考试前，程逾白每科成绩必须进步十分。

每科十分，六科加起来就是六十分，戚长璇觉得老马太高估她了，不对，是太高估程逾白了。

第一名辅导倒数第一，很好，特别好。

好到戚长璇咬牙切齿想掐死他，以免他把自己拖下水。

被老师交代了任务，尽管戚长璇心里再不愿意，但也得做做样子。

下了课，她走到程逾白课桌前，好声好气地跟他说话："程逾白同学，你会写作业的吧？"

程逾白没搭腔，他抿着唇垂眼看着自己一片空白的数学试卷。

戚长璇锲而不舍地说道："要是有不会做的题，可以来问我。"

程逾白眼皮都没掀一下。

戚长璇视线落在他的试卷上，指了指其中一道题，好心地说："比如这道题，其实很简单的，套用一下公式就能解出……"

他把试卷一抽，烦躁地蹙了下眉："说完没？"

"还没。"

他抬眼，满脸冷意："别烦我。"

"我去，爱写不写！"

戚长璇气冲冲地回到自己座位上。

陈斯圆担忧地说："放完假过来，他要是再不交作业，老马肯定会找你。"

"找就找，左右不是我不交作业！"

再次等热脸贴了冷屁股，戚长璇气得举起三根手指："我发誓，我要是再主动跟程逾巳那个讨厌鬼说一句话，左顾的名字就倒着写！"

突然被点名的左顾："？"

他一脸惊恐："关我什么事啊？"

戚长璇温和地望着左顾笑，笑得他一阵毛骨悚然："放心吧，姐姐会好好保护你的名字顺序的！"

左顾："……"

"你不信？"

"我信我信！"

左顾点头如捣蒜，他要是不顺着戚长璇，估计会被她给生吞活剥了。

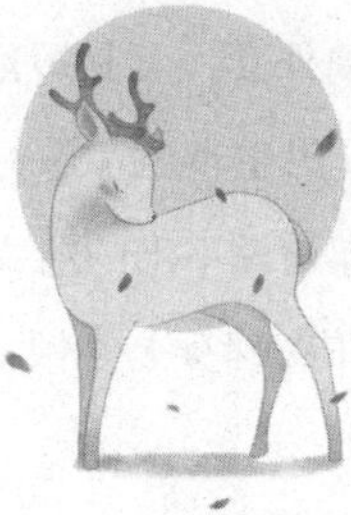

第二章

原来是帅的呀

国庆长假一眨眼就过去了。

戚长璇的父母满世界跑，无暇管她，她在网吧里一连泡了好几天。假期结束，返回学校上晚自习时，她还沉浸在游戏里。

莫鲤推醒她的时候，她犹在梦里，嘴里还在嘟囔着：“求求你别送了，人头收不过来了……”

她迷迷糊糊地睁开眼，这才发现教室里进了人。

她擦了把并不存在的口水，赶紧坐直。

走进9班的两男一女胸前挂着牌子，手里拿着纸笔，是学生会的。

领头的那个男生有些眼熟，戚长璇想了一阵才想起来，正是陈斯圆花痴的那个宿淮。

学校发了两套校服，一套是长袖外套一套是短袖衬衣。短袖衬衣整体是白色的，配上浅蓝色的领子，男生本就活泼好动，没半天就搞得脏兮兮到处是灰印子，但他穿着却是说不出的清爽干净。

他环顾了一下整个 9 班，最后在莫鲤身上停顿了两秒，移开视线微微一笑："检查仪容仪表。"

学校规章制度里早已写明，男生头发不能太长，女生不能披头散发，所有人必须时时刻刻穿着校服。

另外两个依次从一组第一个和八组末尾开始检查，宿淮则径直走过来停在了莫鲤面前，眼前的莫鲤没有穿校服，一头长发披散在肩头，委实扎眼。

他看着她："为什么不穿校服？"

莫鲤无所谓地转着笔："校服太丑，不想穿。"

他伸手撩起她的头发，指尖似有若无地触碰到她的脖颈："为什么不扎头发？"

说实话，虽然莫鲤是个高中生，但出落得很有风情，披散着头发更添几分妩媚。

她厌恶地皱了下眉，把头发从他手里夺回来："别碰。"

他神情冷却下来，压低声音道："校纪校规不知道吗？"

莫鲤耸肩，依旧懒得看他："要扣分就扣，啰嗦什么？"

宿淮轻轻笑了一声，没说话。

连戚长璇都看出来了，他在故意针对莫鲤。

她打破僵局，帮着莫鲤开脱："她刚刚洗完头发，等头发干了就会扎起来的。"

宿淮看了戚长璇一眼，神情恢复了往日的温和，他往后继续走："再有下次就扣分。"

等他们检查完离开后，班里女生小声讨论着："宿淮真温柔啊。"

莫鲤冷嗤一声，心里的反感加剧。

第二天，她就剪了个短发，把宿淮触碰过的那部分剪了个干净。来了学校，看着戚长璇和陈斯圆等人惊讶的眼神，她只淡淡解释了一句："扎头发太麻烦。"

这次检查，大部分被查出来不合格的同学都在次日剪了头发或者老老实实穿起了校服——除了程逾巳。

第一天，他没剪；第二天，他没剪；第三天、第四天，他还是没剪。

班级分一天天被扣掉，老马终于忍无可忍，勒令程逾巳必须把头发剪掉。为此，老马特意批了半天假，让班长戚长璇亲自领着他去剪。

戚长璇本来一万个不愿意，但看在可以翘掉下午的课的分上，还是去了。

令她惊诧的是，程逾巳并没反抗，她把老马的意思跟他一交代，他便捡起校服外套一言不发地跟着她出了校门。

她一门心思想着快点剪完，随便找了家理发店领着程逾巳进去。

理发店的Tony老师很久没见过年轻顾客光临了，兴奋地搓搓手："小妹妹放心，我一定给你男朋友剪一个酷炫的发型！"

"不不不，随便剪就行。"

见程逾巳冷淡地扫了她一眼，她笑眯眯地补充："我们是学生嘛，不需要太花里胡哨。"心里则补充：剪得越丑越好，最好丑得人神共愤，看他还有没有勇气这么拽上天。

Tony老师动作慢吞吞的，光是洗头就洗了好久。

戚长璇困意上来了，索性趴在沙发上休息，正打着盹，只听见Tony老师惊叹了一声："你男朋友长得不错呀，蛮帅气的。"

戚长璇睁开眼下意识地反驳："别别别，实话实说就好。"

但在看清镜子里的程逾巳的那一刻，她一下子噤声，满眼掩饰不住的惊艳。

其实Tony老师的技术很一般，程逾巳后脑勺那块头发被他剪得参差不齐，但这一点也不影响什么。

程逾巳狭长的眼睛半眯着，有些不适应没有刘海的遮挡，过短的头发反而更加衬得他轮廓分明。何止是蛮帅气，他甚至比不少人追捧的宿淮还要精致好看三分。

戚长璇愣了好一会儿，忽然一个翻身起来，把他校服的兜帽一下子扣在他头上，凶巴巴地说："哎呀，丑死了，丑死了。"

过大的兜帽几乎遮住了程逾巳的半张脸，程逾巳"啧"了一声，有些不耐烦，倒也没反驳什么，任由她盖着。

理发店的 Tony 老师不满地嘀咕："哪里丑了，明明就很帅气。"

戚长璇瞪了他一眼："我说不好看就是不好看。"

她把钱往 Tony 老师手里一塞，便拉着程逾巳往外走。

出了理发店，戚长璇还是不放心，指了指程逾巳的兜帽一本正经地叮嘱："千万别摘帽子，我也不瞒你，你头发剪得太丑了，我是为你考虑，怕大家笑话你。"

这么近距离没有遮挡地看他的眼睛，深沉的黑色瞳孔里隐约带一点惑人的金色，但仔细一看，又什么都没有，仿佛只是错觉。

他错开眼神，皱了下眉，懒得听她喋喋不休的废话，直接甩开她的手迈开步子往前走。

戚长璇也不介意，三两步追上他。

瞌睡没了，她心情异常不错，把之前发过的誓忘得一干二净："这么看来，你也没有反感剪头发嘛，干吗不早点去剪了，非要老马骂你才去？”

“这么大热天的，你干吗穿这么多衣服？不热吗？

“对了，你跟高二（1）班的宿淮认识是吗？”

接二连三的问话终于让他有了反应，他冷冷淡淡地斜了她一眼：“关你什么事？”

戚长璇一耸肩：“随便问问。”

他轻嗤一声。

看他脚步不停，戚长璇追问：“最后一个问题，你不会打算现在回学校上课吧？”

程逾已没理她。

“别呀，要是你回学校了我却没回，那我岂不是露馅了？不如咱们去打游戏吧？我请客。”戚长璇兴致勃勃地提议。

程逾已脚步一顿，老师们心目中的好学生好班长居然怂恿他翘课打游戏，他倒是头一回见。

他一反常态，挑了挑唇：“行啊。”

到了网吧，戚长璇轻手熟路地付了钱，找了个双人小包间坐下。

看他这态度，还以为他多么厉害，本想见识一番，没想到他干脆的一句“不会”，堵得戚长璇哑口无言。

戚长璇只好让他站在一旁观战，她自信满满地跟他介绍游戏规则，亲自给他示范玩法，没想到连赢两把后，只得到他不屑的一句：

“真烂。”

这句评价听得她很糟心很不爽，她不服气地问：“哪里烂了？”

他说话直接：“哪里都烂。”

“比如？”

“比如刚刚那局明明几分钟就能解决，你却足足花了半个多小时。”

“拜托，我们玩的是五对五，队友没默契，我有什么办法？”

他在她旁边的空座处坐下，学着她刚才的样子开启游戏界面，神情平静：“一对一，我赢了怎么算？”

“你要跟我一对一？”她“嘁”一声，斩钉截铁道，“你不可能赢。”

他重复：“赢了怎么算？”

“我说你不可能赢我。”

程逾已停住动作，转头看着她，脸上似笑非笑的，挑衅道：“怕输？”

行吧，戚长璇有点被他的美色诱惑到了，她闭了闭眼，索性给他个面子：“行行行，等你赢了再说！”

然而，打脸来得太快就像龙卷风。

一局过后，戚长璇被完虐了。

她脸色都变了，看着屏幕发了好几分钟的呆，不敢相信自己居然被一个刚开始玩游戏的菜鸟给打败了。一个人的学习能力怎么可能这么强？以他娴熟的手法来看，完全可以被称为大神。

她不满道："你逗我的吧？你之前肯定玩过，不然不可能是这种水平。"

他微微挑眉："不认？"

曾经打遍市三中无敌手的戚长璇自然不肯服输，而是成功被激起了斗志："我当然不认！再来，再来！"

"不来了。"

"为什么不来了？"

他把键盘一推，神情恹恹："跟你打，太没难度。"

"……"

一看时间，已经接近下午放学的点了，戚长璇纵使再不服气，也该回去跟老马交差了。

网吧门口正好有一辆卖红豆饼的小吃车路过，香味把戚长璇肚子里的馋虫勾出来了。她上前买了两个红豆味的和一个香蕉味的，一共五块钱。

她递了一个到程逾白嘴边："吃不吃？"

他一下子退开好几步，满眼嫌恶："这种垃圾食品有什么好吃的？"

戚长璇下意识地回头看了一眼，见推着小吃车的阿姨已经走远，这才松口气："你嘴里能不能有点好话？"

她叼着红豆饼三两步追在他身后："这次算你赢了，我愿赌服输，说吧，你想怎样？"

外头太阳正烈，她必须仰着头眯起眼才能看清他的表情，刚一抬眼却猝不及防被他攥住手腕，反应过来的时候已经被他拉到一片树荫下。

"你干什……"

话音还未落，就见他做了个噤声的动作，几秒后她的余光里便闯进几个穿着和他们同样校服的女生，她们嬉笑着从她刚才站的地方经过。

戚长璇向来坦坦荡荡，不知道有什么好躲的，但他这动作，反倒让她有些浮想联翩……

戚长璇忍不住开口揶揄："你躲什么？难道还怕被人看到翘课不成？"她眼睛弯成月牙状，"还是说……怕被人看到跟我在一起？"

他懒得理解她的脑回路，径直说："我赢了怎么算？"

戚长璇回归正题："咳咳，我说我愿赌服输。"

他若有所思地反问："是吗……"

"当然，只要我办得到。"

"你当然办得到。"

戚长璇开始好奇了："哦？"

程逾已从喉咙里发出一声低笑，眼睛牢牢锁着她，丝毫没有松开她手腕的意思，反而更靠近一步："我想怎样，你不知道吗？"

戚长璇怔了怔。

看她笑容渐渐凝固，他眼尾微微挑起，语气带着点玩味，语速越发缓慢："从今往后，我想要你——"

戚长璇呼吸蓦地加重，她脸皮再厚，也禁不住被人这么盯着看，她打断他："等……等下。"

他却没打算理她，一下子收起了笑，眼神冷漠得像在看一个陌生人。

"离我远点。"

"……"

看他转身要走，戚长璇一口气堵在喉咙里："我说，你未免太自以为是了吧？"

他好笑道："刚才是谁自以为是？"

好吧她承认，她刚才是有点误会，而且有点被他这张脸迷惑了。再想到老马交代下来的任务，她想着干脆借此机会和他冰释前嫌算了，没想到他还是这副气死人不偿命的态度。

"亏我好心好意想帮你一把。"

说完这句一顿，她自觉心虚，喊他打游戏好像跟学习无关，于是，她看着他头也不回的背影气恼地大喊："算我倒霉！"

他的影子被夕阳拖得很长，走的方向完全不是去学校的方向。

她这才反应过来，他从来不上晚自习的。

第二天回了学校后，他果然再度把她当成透明人，或者说他把所有人都当成透明人。

戚长璇也是有脾气的人，让她低三下四服软是不可能的，但没想到的是，老马再度调整了座位。之前按身高排位置，导致那些个头高又不爱学习的男生全坐在后排，整日里吵得不行，所以干脆把他们全部拆开。

被老马安排了辅导任务的戚长璇换到了程逾巳的前桌。

还没来得及坐下，赶在他出言讽刺之前，戚长璇便没好气地说："这可不关我的事，有意见，你找班主任去。总之，你不惹我，我不惹你。"

程逾巳淡淡扫了她一眼，没什么反应。

在他看来，前座是谁都无所谓。

戚长璇正坐在新座位上发着呆，一包拆开的溜溜梅突兀地出现在她眼前——

"班长，这是新出的口味，要不要试试看？"

说话的女生叫崔笛子，她家里是开小超市的，所以时不时就会带零食来分给大家吃。她坐在二组第七个，离戚长璇很近，两人之间只隔着一条过道。

戚长璇笑着从包装里拿出来一颗："谢谢，还有，不用这么客套叫我班长，跟他们一样叫我七七就好了。"

崔笛子热情地又掏了几颗出来放在戚长璇的课桌上："七七，你多吃点，别客气！"

因为肥胖，她的动作显得有些笨拙。

她出生便带着某种疾病，体重一直减不下来，虽然时不时有捣蛋的同学嘲笑她，但她总是一副什么都不在意的样子，对身边每个人都和和善善的。

课间跑操后的第三节课是物理课，崔笛子体力不行，跟着队伍跑完两圈后，在操场边歇了很久才慢慢往教室的方向走，刚一走到教室外，正好上课铃声响起。

她正打算从后门进来，却眼睁睁看着坐她后座的李畅古怪地冲她一笑，笑完把后门一关，同时招呼着另外几个男生一起来堵门，嘴里还怪腔怪调地喊着：

"哎哎哎，此门不许胖子通过！"

"别把门挤坏了啊，哈哈哈。"

上课的紧迫感加上心里的委屈，使崔笛子在门外急得不停敲门，汗水伴随着夺眶而出的泪水往下淌，整个人狼狈得不行。

正抓紧时间帮陈斯圆辅导数学题的戚长璇听到动静，回头瞪了那几个哈哈大笑起哄的男生一眼："你们无不无聊啊，还不快把门打开？"

话音刚落，随着一声巨响，门"砰"的一声被踹开。

原本喧闹的教室蓦地一静，所有人都望向这个方向——

几个调皮捣蛋的男生摔了个人仰马翻，连连哀号，连带着碰倒了角落里无辜的垃圾桶，零食包装袋和碎纸洒得到处都是。

站在门外的程逾巳的目光平静地落在横在脚下的一条腿上，他嘴角不屑地挑了挑，径直跨过那条腿坐回了自己位置上，对自己造成的连锁反应毫无所察。

崔笛子有些愣，站在门外半晌反应不过来。

程逾巳头也不回，不耐烦地说："还不进？"

崔笛子擦了把眼泪，趁着老师还没来，赶紧回到了自己座位上。

戚长璇对他的举动颇感意外，扭头看他。

刚一回过头去，他便停住转笔的动作，抬起头，眼中依然是毫不掩饰的厌倦："看什么看？"

戚长璇心里刚冒出来的一点好感瞬间又烟消云散，她轻哼一声："好心提醒你一句，自己的卫生区域自己负责，下了课记得把垃圾打扫干净。"

没想到的是，刚打了下课铃，不等程逾巳动手，那几个结结实实摔了一跤的男生便抢着把地面清扫干净了。

戚长璇有些意外，拉住帮着拖地的值日生魏靖南问："怎么回事？他们怕程逾巳？"

魏靖南摇摇头，又点点头，扭头见程逾巳不在，这才壮着胆子说："不是怕他，是不敢惹他。"

不都一个意思吗？戚长璇好笑道："他有什么好怕的？"他不就是成绩差不爱学习，外加整天上课睡觉吗？

魏靖南小心翼翼地解释："他……他打架见血。"

戚长璇瞪大眼睛："你们和他打架了？"

魏靖南赶紧摇头："怎么会？是之前李畅无意中看到他教训了几个主动招惹他的外校男生，动作特别狠，把人家揍得好几天下不来床……"

看到程逾巳走进教室，魏靖南赶紧噤声，拿着拖把"嗖"地窜到后头拖地去了。

戚长璇若有所思。

虽然不明白那血是从何而来，不过程逾巳要么头发长过眉眼，要么整日里戴着帽子，一副生人勿近的样子，没人敢跟他对视，看起来是挺不好惹的。

教室里很热，可还是没开空调。

空调遥控器早已被老马收了起来，他说什么入秋了，天气凉快，空调已经用不着了。但老天爷怎么可能尽如人意？没凉爽几日，最近又恢复了接近40℃的高温。

第四节课是自习，正是太阳开始暴晒的时候，炽热的阳光悉数穿透窗帘，恶狠狠地投在一二组同学的身上，晒得戚长璇快要蒸发了。

教室里的同学本就不安分，再加上热，更是躁动不安。

后排两个男生在小声讨论："要不咱们趁着老马不在，去办公室把遥控器偷出来吧？"

"你是不是傻？你知道老马把遥控器藏哪儿了吗？"

"也是……但这么热下去不是个办法啊，老子连觉都睡不好。"

"好像空调上有个按钮，不用遥控器也能开空调，以前我家遥控器找不到了，我爸就是这么开的，只要找个尖锐的东西插进小孔里，就能启动空调……"

戚长璇也热得不行，从家里带来的手持小风扇已经没电了，两鬓的头发已经被汗湿。她听到那两个男生的讨论声，回头搭话："按钮在哪儿？"

出主意的那个男生怕把空调弄坏，犹豫着不敢使这个法子。戚长璇则不在意这些，说一人做事一人当，要是老马问起，她全权负责。

八组末尾正好有张空置的课桌，她把课桌推到挂式空调正下方，在那两个男生的搀扶下小心翼翼爬到课桌上。找准小孔的位置后，她朝身后一伸手："把笔芯递给我。"

身后没有反应。

她疑惑地回头："把笔芯……"

帮着扶桌子的两个男生不见了人影，原本伏在桌子上睡觉的程逾巳正双手抱胸站在她身后看着她。

两人视线撞个正着。

他冷声说："下来。"

戚长璇不想和他说话，目光找到刚才那两个男生，喊道："喂，你们两个磨蹭什么呢，还想不想吹空调，快把笔芯递给我。"

两人对视一眼，其中一个说："要不算了吧，好像也没那么热。"

另一个附和道："对对对，忍一忍就习惯了。"

两人明显对程逾巳有惧意。

程逾巳上前抓住桌沿，完全没了耐心："下来。"

"我不。"

他低声威胁："下不下来？"

"我偏不，"戚长璇嘚瑟地笑，"程逾巳，这次可是你主动……"

桌子"咯吱"一声，她很明显能感觉到脚下的桌子颤了一下，她心里暗骂一声"糟糕"，桌子质量不过关，已经承受不住她的重量了。

果然，伴随着一声脆响，一个桌腿直接断成了两截。课桌轰然倒塌的瞬间，她条件反射地往旁边一跳，被等在一旁的程逾巳扶个正着。

他稳稳搂住了她的腰，而她下意识搂住他的脖子，两人额头正好撞在一起，鼻尖与鼻尖相擦而过。

戚长璇吃痛，什么旖旎心思都没有，她一下子松了手痛苦地捂住自己的额头："你的头是铁做的吗？"

程逾巳却眉头都没有皱一下，等她站稳后，他快速松开了她，嘴里不忘嫌弃："笨手笨脚。"

戚长璇难得没有反驳他，疼痛之余，她因为刚才那转瞬即逝的触感震惊——程逾巳的皮肤异常冰凉，明明天气很热，他又穿这么多，身上却一滴汗水都没有。

简直……不像个正常人。

她瞥他一眼，却见他低着头，冷眼看着已经散架的课桌，双唇紧抿着。

她回过神来，一阵懊恼："遭了，课桌坏了，空调还没开。"

程逾巳不发一言地把自己的椅子拖了过来。

戚长璇目瞪口呆："你要干什么？"

他没理，而是直接踩在了椅子上面，很轻松就到了刚才戚长璇所在的高度。

戚长璇惊讶地看着他的动作。

几秒钟后，随着一声很轻的提示声，空调启动了。

戚长璇："……"

全班欢呼。

他用同样的方法又打开了另外两台空调。

“那个……”

憋了憋，总觉得有些欠人人情，戚长璇正想说句谢谢，他却拖着椅子与她擦肩而过，椅子与地面摩擦发出刺耳的声音。

他余光都没打算给她一眼：“不必。”

她一顿，暗自嘟囔：“拉倒吧，谁要感谢你？”

他好似听到了她这句埋怨，轻笑一声，语气不咸不淡：“这么重，难怪桌子会塌。”

戚长璇一下子奓毛：“你再说一遍！”

空调里吹出阵阵凉风，吹得人身心舒畅。

整个教室都安静下来，插科打诨的男生也不说话了，立起书打掩护，眯着眼打盹。

戚长璇从抽屉里翻出一面小镜子照了照，额头果然肿起来了。她也不在意，揉了揉便懒得管了。她拿着镜子转换了下角度，正好可以看到身后的程逾巳。

他和往常一样，正伏在桌子上睡觉。他穿着两件衣服，头上戴着几乎可以盖住眉眼的黑色兜帽，宽松的长袖校服套在外面。

下一秒，他眼睫动了动，似乎马上就要睁开眼。戚长璇赶紧把镜子反盖上，翻开习题册，做若无其事状，心里却暗忖着，他真是个怪人。

下午第一节是体育课。

午休铃刚打响，二十分钟的午自习并没能缓解乏意，大半同学都昏昏沉沉的，只有戚长璇神采奕奕的。她中午拉着莫鲤陪自己去打游戏了，压根没睡觉。两局游戏下来，她再度证明了自己的游戏霸主地位。

平时宽厚不太管事的体育老师今天罕见地拿着花名册，打算测50米跑，全班都垂头丧气的样子。

女生人不多，测得很快。戚长璇不仅头脑不简单，四肢还很发达，她成绩很不错，顺利跑进了八秒。

她边安慰着紧随其后却目光呆滞不敢上前的陈斯圆，边和跑了十一秒还笑呵呵自我打趣的崔笛子说话。

余光搜寻了一圈，莫鲤果然又不见了人影。

接下来是男生组，一个接一个开始测验。

虽然困乏，但这个年纪的男孩子就喜欢互相攀比，都铆足了劲跑个好成绩。很快，就轮到了程逾巳，他是最后一个。

戚长璇正忙着找莫鲤，没注意男生那边的动静，只在感觉到面前一阵风飞快掠过时，朝那个方向望了望，正好看到程逾巳站在终点，呼吸平缓，不慌不忙。

体育老师甩了甩秒表，表情难以置信，声音也有些颤抖："三……三秒五？"

大家一阵哗然，三秒五是什么概念？怕是连世界冠军都跑不过他吧？这真的是人的速度吗？

站在终点等候的左顾惊呆了，喃喃自语："看不出他这么有天赋。"

"这好像跟天赋无关吧，班里最快的都只跑了六秒三，这个速度足足快了一倍啊……"魏靖南是体育生，自然知道这个速度是什么水平，他小声提出疑惑，"会不会是秒表坏了？"

体育老师回过神，古怪地打量程逾已几眼后，从口袋里掏出备用秒表，连声应道："对对对，应该是秒表出问题了。来，这位同学重新测一次。"

程逾巳在原地站了站，转身往起点走，他神情悠闲，并没在意周围同学好奇的窃窃私语声。

他修长的身形配上流畅优美的起跑姿势，让戚长璇有些挪不开眼。

重新跑了一轮后，体育老师舒了一口气，喃喃着："这回就没问题了。"

他抬头报成绩："六秒二。"

刚好比之前的最快成绩快零点一秒。

听老师报完成绩，程逾巳移开眼，唇边溢起一抹很轻的笑。

刚把成绩誊上花名册，天气说变就变，突然下起瓢泼大雨，体育老师喊了解散后，人群一下子散开。

不少同学都有带伞或带雨衣的习惯，他们跑到操场外的停车棚里，从各自自行车车篮里把伞取出来，三三两两合撑着往教室赶。

左顾也带了伞，他匆匆跑过去取伞，脑子还没反应过来，手便伸了过去，已经狗腿地主动替戚长璇撑着伞了。

他忍不住自夸："你说说，上哪儿找我这么贴心的人去？"

戚长璇怎么会不懂他的小心思，顺着他说："贴心，贴心，上午物理课睡觉这回事一笔勾销。"

左顾拍拍胸脯笑嘻嘻的："我怎么可能是因为这种小事才替你撑伞的，我明明是出于本心。"

"哦，那就不一笔勾销了。"

"哎，别啊，我开玩笑呢！"

戚长璇招呼着同样没伞的陈斯圆躲到左顾的伞下，她四处张望，还在担心着莫鲤："下这么大雨，也不知道她去哪儿了？"

陈斯圆安抚她："莫鲤肯定不会让自己淋湿的，她可能已经回教室了吧。"

"也是。"

正说着话，她余光注意到雨里还有一个人没有伞，他丝毫不在意雨势，黑色的兜帽似乎要与瞬间阴沉的天色融为一体。

没有人想和他一起撑伞，他似乎也不需要。

戚长璇收回目光：“我们回去吧。”

莫鲤远远地往操场的方向看了一眼，人已经走得差不多了，估计都回教室了，可她却被困在室内体育馆里。

她今天正处于生理期，小腹隐隐作痛，一听要测 50 米跑便没去。她连假也不想请，想着差不多测完了再出去找戚长璇她们，没想到一场突如其来的雨把她困在了这里。

她低头把玩着快没电的手机，心情越发低落。

远处传来一声“解散”，紧接着，一阵脚步声朝她靠近，她一顿，不用回头就知道是谁。

她捏紧手机，往兜里一塞，从单杠上跳下来，径直往门口走。

一只手拦在她身前，手的主人道：“外面在下雨。”

她回呛：“我有眼睛。”

好巧不巧，他们班正好跟宿淮所在的班同时上体育课。

“你可以等雨停了再走。”宿淮说。

莫鲤甩开他的手，注意到他班上同学讶异的目光，她心里更是不痛快：“我不需要你假好心。”

不想跟他再待着一个空间里，她在门口停了停，直接冲了出去。

雨越下越大，丝毫没有停的意思，她刚剪的短发瞬间被淋湿，眼帘被一片水雾挡住，什么也看不清。下一瞬，她的手臂骤然被紧紧攥住，接着她便被一股力量强硬地带着往旁边走了几步。

宿淮直接把她拉到了停车棚里，他脸绷得很紧，微微苍白："你非要把自己弄得这么狼狈吗？"

莫鲤抹了一把眼睛上的雨水，不甘示弱："你非要多管闲事吗？"

宿淮沉默了半晌没说话，像是在压抑着怒意。良久，他才压低声音："你衣服淋湿了。"

莫鲤低头，看着身上白色的短袖校服以肉眼可见的速度变得透明，她轻笑："不是你让我穿校服的吗？"

宿淮不发一言地按着她坐在自行车后座上，然后把自己的校服外套脱下来。

莫鲤反抗，他反而更加强硬地把外套披在她身上。

看着他替她把校服拉链拉上，她忍不住出声嘲讽："要是让你班上那些爱慕你的女生知道，她们心目中礼貌温柔的学霸男神宿淮，私底下是这个样子，不知道她们会怎么想。"

他动作一滞，抬眼看着面前倔强的她，忽地一笑："爱怎么想怎么想。"

莫鲤也笑了，但笑意并未达眼底："哟，这可不像你。"

他向来把自己的形象维护得很好的。

他的眉眼湿漉漉的，丝毫不打算掩饰自己的情绪——

反正，每次一见到她，他就控制不住自己。

他自嘲地笑了声：“你还是这么喜欢逞强。”

莫鲤深吸一口气：“怎么，你第一天知道？”

两个人都不说话了。

在市一中，说起莫鲤的名字，无人不知无人不晓。她行事有一套自己的准则，带头揍过高年级的学长，也教训过低年级的学弟，在市一中风头无二。

宿淮低她一届，以成绩优异闻名，他们俩本不该有任何交集的，莫鲤看不惯高高在上的优等生，而优等生也不屑跟她扯上关系才对。

可偏偏几次迟到翘课，她都被身为学生干部的宿淮抓个正着。也不知道为什么，和她一起迟到翘课的其他人，他不怎么管，却偏偏抓着她不放。

她不喜欢服软，于是某天晚自习下了课，她便找到宿淮跟他争执，没想到被他们班一个女生看到，造谣他们在谈恋爱。

事情捅到了年级主任那里，老师们下意识就觉得，是莫鲤要带坏宿淮，狠狠训斥了她一顿。

老师们和同学们心目中的天之骄子居然和莫鲤搅和在一起？怎么可能？

这一次训话让谣言越演越烈，甚至还流传出她被包养，与学校多个男生关系暧昧之类的话。

莫鲤不喜欢解释这些莫须有的东西，但看到别人对她指指点点还是气不过，便找人揍了那个造谣的学妹一顿，并因此留级。

在听说戚长璇要转学到启风读高二后，她觉得自己留在市一中也没意思，便也跟着转了过来，没想到宿淮居然也转了过来。

谣言的力量她已经见识过了，她怕了行不行？她躲开行不行？她不想再跟他扯上关系了行不行？

为什么他还非要追着她不放？

她恶意满满地揣测他："你说实话，你转来启风是不是就想看我笑话？"

他笑容淡了淡，声音很低："你这么想？"

她挑眉道："我还能怎么想？"

他抿了下唇，不想再继续这个话题，视线移到她的头发上，眉头皱得很紧："为什么剪头发？"

"想剪就剪咯，哪有这么多为什么。"

她顺势揉了一把头发，自己也有些不习惯："这不正好吗，免得你抓着我要扣分。"

他默了默："嗯，是很好。"

雨终于有变小的趋势，她不想再继续跟他待下去，起身往外走。

宿淮也不再拦她了，静默地看着她的背影。

走出两步，她忽然停住，扭头道："哦，对了。"

宿淮半惊半喜地抬起眼。

莫鲤指了指身上的校服，神色冷淡："我可不会还你了。"

宿淮神色黯了黯，但他还是笑着应了声："好。"

急急忙忙回了教室，淋了雨的莫鲤毫不意外地感冒了。

戚长璇和陈斯圆心疼得不得了，知道莫鲤的性格不爱多说，便也不追问她，为她睡觉打掩护，还帮着她请假，陪她去打点滴。

偏偏这几天，程逾已因为身体原因，请了假没来上课。

每个班有每个班的规矩和特点，比如 2 班抓早恋抓得特别严，男生和女生多说几句话就要被班主任抓去约谈；4 班则重点抓卫生和纪律，除了上课说小话会被班干部扣分外，还不许带零食去教室里吃，而且所有人每时每刻都必须穿着整套校服校裤；宿淮所在的 1 班就更恐怖了，他们班主任在教室里装了个摄像头，整日监控着他们的动态。

至于 9 班，老马一心搞学习，就盼着大家成绩进步。

考试在即，程逾已不愁，戚长璇不愁，老马快要愁死了。

下了课后，老马苦口婆心地让戚长璇多帮帮程逾已，还说他无父无母无依无靠，一个人怪可怜的。

这话听得戚长璇满头问号，她可看不出程逾已有需要让人可怜的地方。

想是这么想，之前能拖则拖，但现在毕竟快考试了，她总不能真的什么都不干，佛脚还是很有必要临时抱一抱的。

要是程逾巳真的毫无进步，她面子上也不好看，只好答应老马会帮程逾巳补习。

听了消息后，陈斯圆满脸同情：“恭喜你戚长璇小姐，即将成为本班跟程逾巳关系最亲近的人。”

“呸呸呸，你这个乌鸦嘴。”

莫鲤皱眉问道：“你不会真要去吧？”

戚长璇长叹息，可怜巴巴地说：“我有什么办法，总不能眼睁睁看着他考试还是老样子吧。能提高一分是一分，他这几天不来学校，我只好去他家了……要不你们陪我去？”

陈斯圆疯狂摇头：“大将降大任于你，我们怎么能掺和进去？”

看戚长璇这副丧气的样子，莫鲤也忍不住同情她了：“祝你好运。”

陈斯圆拍拍她的肩膀：“忍辱负重啊。”

“去你的。”

说是这么说，她心里却“咯噔”一下——

说真的……她已经能预料到程逾巳黑脸的样子了。

第三章

你真的是程逾白吗?

陈斯圆说，看到程逾白在花萝街那边出现过。

老马给她的地址更加具体，她虽然对花萝街那边熟悉，但还是花了不少时间才找到他家的位置。

她还是头一回知道，这片别墅区还有这么隐蔽的角落——独门独栋，连颜色都要比其他房子深上几分。

明明天色渐黑，里头却没有亮灯，看起来颇有些阴森。

她想好托词，打算一见到他就率先开口，不给他讽刺自己的机会。

按了门铃后，等了好一阵都没人开门，在她开始怀疑程逾已不在家时，门终于开了。

他穿着一身宽松的家居服，睡眼惺忪，没有打理的头发微微翘着。也许是夜色的衬托，此刻的他和在学校冷漠的模样相比，不知道要温和多少。但因为身高差距，迎面而来的压迫感还是让戚长璇退后了一小步。

她连珠炮一样地说："先说清楚，是老马让我来的，我也不想来的。马上快月考了，老马担心死你了，怕你成绩还是老样子，特意让我多帮帮你，只要你配合，我们就能早点结束。"

说完，她便等着看他的反应，只要反应不对她就能名正言顺地把责任全部推给他，然后自己溜之大吉。

程逾已半眯着眼打量了她一会儿，倏地一笑，他嘴角微微勾起，露出平日里不常见的温柔。

戚长璇被他的反应吓了一跳，以为是他翻脸的前兆，一句"在下告退，不必远送"已经到嘴边了，可他并未像往常一样冷言冷语，而是笑着招呼她："进来吧。"

他这样的态度，让戚长璇更加如临大敌。

她不动声色地打量他家里的情况，见并没有什么异样，除了家具有些少外，和寻常人家里并没什么不同，这才往里走。

"你为什么不开灯？"她问。

"刚才在睡觉。"他自然地答道。

她环顾四周，入眼可见的是大片大片的冷色调："你一个人住吗？"

"对。"

戚长璇点头："听老马说，你生病了？"

"嗯，是有点。"他答。

戚长璇没说话了，而是狐疑地打量了程逾巳几眼。

他看起来似乎的确要比平时苍白病弱一些，或许是因为生了病，平时冷硬不近人情的气质也柔和了不少。

只是，明明是正常的回答，却处处都透着不对劲——他怎么可能这么老老实实回答她的问题？

不过几天不见，他简直像变了个人一样。

她喃喃："肯定是发烧，烧坏脑子了。"

程逾巳听到她这句自言自语，微微一笑："想吃点什么？"

"啊？"戚长璇警惕地摆摆手，"不用了，我不饿。"

戚长璇默默看着摆在自己面前的水杯发呆。

不……不会下毒了吧？

里头放了泻药，还是老鼠药？他会这么好心主动给她倒水喝？他葫芦里到底卖的什么药？

"你之前说，是来辅导我学习的？"

程逾巳把书桌上一堆乱七八糟的史书推开，按下台灯按钮，打断了她的发呆。

“啊，对。”戚长璇这才想起正事，她把最近发下来的几套试卷从包里拿出来，“这是这几天你落下的作业，有哪里不会的，问我就行了。”

他含笑接过，专注的目光在她脸上顿了顿，笑意更深地答：“好。”

花了几十分钟，戚长璇快速给他讲了一遍这几天课堂上的知识点后，他开始做题。

戚长璇从没见过他老老实实做题的样子，便伏在桌子上看着他。

外头天色已然漆黑，算一算时间，大概已经开始第二节晚自习了。书桌前的窗户半开着，有微风轻轻拂进来，窗外影影绰绰的，什么都看不真切。

灯下的他却很清晰，鼻梁挺拔，投在墙上的侧影弧度勾人心魄，像是最精致的艺术品。

思绪飘远，程逾已喊了她两三句，她才听到。

他温柔地笑了笑，伸手戳了一下她的额头，无奈地说：“你在想什么呢？”

戚长璇条件反射地捂住额头，上次撞到的地方早已经不痛了，刚才那一瞬的相触冰冰凉凉的。

她眼睛骨碌一转，视线落在掉了满地的书上，她弯腰捡起一本，翻开打量：“我在想，这些书都是你的？”

散落一地的史书里，有正史，但更多的是野史，不少书戚长璇甚至连名字都没听过。

程逾已笑容浅了浅，他“嗯”了一声，把书抽过来：“偶尔看看打发时间。”

他指了指试卷上最后一道题：“你可以讲解一下这道题吗？”

戚长璇不再细问关于这些书的事，耐心跟他讲解了一两句题目，他很快便了然，快速算出了答案。

半个小时后，检查他做完的几套试卷，戚长璇被他的学习速度惊到了，错误率居然很低。

“看来你不是不会，只是不肯学而已，完全不用我辅导嘛。”戚长璇打从心底里松了口气，觉得接下来的考试有希望了。

他偏头望着她微微笑，暖黄色的台灯光线映在他的瞳孔里，闪烁着惑人的金色：“是你教得好。”

听他这么夸，戚长璇受宠若惊，心里的疑惑也随之扩大。

她大概是受虐狂，程逾巳不对她冷嘲热讽，她反而浑身不自在。

她搁下钢笔，一脸严肃：“程逾巳。”

“嗯？”

“程逾巳？”

“嗯？怎么了？”

“你老老实实回答我，你真的是程逾巳吗，不会是什么程逾巳的孪生哥哥或者孪生弟弟吧？”她警惕地扭头张望，“快说，真正的程逾巳躲在哪里？是不是想看我笑话？”

他微微挑眉，唇畔含笑："我当然是你口中那个程逾巳。"

戚长璇还是不信："我说，你不会是不喜欢我来找你，所以故意这样吓我……不对，故意让我觉得你不需要我辅导吧？"

程逾巳忍俊不禁。

她指指自己："你知道我是谁吗？"

"当然。"

他目光飞快地从写着她名字的物理书上掠过，目光更加深情，他撩起她一丝散落在鬓边的头发，笑容温和："我怎么会忘记你，长璇？"

戚长璇觉得，如果不是程逾巳病了，那大概是她病了。

今晚的程逾巳实在太不真实，他不再是讨厌鬼，而是像变了一个人一样。

一定是她敲程逾巳家门的方式不对。

她往后一缩，避开程逾巳的亲近，急急忙忙地站起身："已经不早了，我该走了。"

他也不挽留，随之起身："我送你。"

走到门口，戚长璇想起老马的叮嘱，问他："明天你会去考试的吧？"

他犹豫了一下，还是给了她回复："我尽量。"

在戚长璇转身之际，他忽然开口："你下次还会来吗？"

一个“不”字已经到了嘴边，但看着他微笑的样子，戚长璇鬼使神差地点点头：“好啊。”

直到临睡前，她才想通，或许程逾巳是想跟她和好，所以才改变了态度。

这么一想，她心里绷紧的那根弦才渐渐放松。

这天晚上，她做了一个梦。

梦里光怪陆离的，有一个娇俏可爱的少女和一个挺拔俊秀看不清模样的少年。少女穿着华美的长袍宽袖，而少年也是长发高束的样子。少女古灵精怪，少年温柔善良。

他们很相爱。

次日是周一，戚长璇很早就到了学校，心情很好。

她有什么情绪向来直接表现在脸上，不只莫鲤察觉到了，连缺心眼的左顾都察觉到了。

考试前的早自习，左顾乖乖地把前一天布置的作业放在课桌上等待小组长收上去，然后飞快地溜到戚长璇身边打探：“哎，你昨天没上晚自习，难道真去程逾巳家了？”

戚长璇点头。

他左看看右看看，认真打量戚长璇，表情复杂：“你没事吧？他没怎么你吧？”

“我能有什么事，我活蹦乱跳好得很。”

左顾瞬间愁眉苦脸："难道我真要叫顾左了？"

戚长璇完全忘了自己发过的不主动搭理程逾巳的誓言，她扑哧一笑，问道："顾左？你为什么要叫顾左啊？"

左顾满脸哀怨，只恨戚长璇少根筋不懂自己的心："你这个受虐狂！"

看着他飞快回了自己位置，戚长璇耸耸肩，随他去。

她觉得，她和程逾巳的矛盾已经彻底解开了。

当看到程逾巳踩着上课铃进入教室时，她更加心满意足，还转过身去热情地和他打招呼："你果然来了。"

程逾巳莫名其妙地瞟了她一眼，没说话。

戚长璇笑眯眯地说："祝你今天考试顺利！"

他眯了眯眼："你有事？"

"没什么事，就是……"

他语气很不好："没事就闭嘴。"

戚长璇愣了愣，觉得他可能是没睡醒，不想跟他计较，但嘴里还是毫不相让："好心当成驴肝肺。"

一天半紧张的考试很快过去，只剩下午最后一场英语了。

启风占地面积广，学校里空置的教室很多，不需要在原教室布置考场，直接将所有人打乱，分配去各个空置的教室里考试就行。

老师们采用的是电脑阅卷，速度特别快，考完上午的理综后，第一天考的语文和数学，成绩已经全部出来了。

戚长璇回了趟9班教室，试卷已经发下来，正摆在每个人的课桌上。她顾不上看自己的成绩，立马扭头拿起程逾巳的两张卷子看，越看她眉头皱得越紧："怎么又空这么多？"

语文作文只写了寥寥几行字，数学除了选择题外，后面的大题目基本都空着。

刚好程逾巳从后门走进来，她气恼地指着数学试卷的最后一道题问他："这道题，我不是教过你吗，一模一样的题型？"

程逾巳把试卷一抽，居高临下地看着她，满眼的烦躁毫不掩饰："你是不是很闲？"

戚长璇指了指自己，难以置信地说："我很闲？"她咬了咬下嘴唇，不甘心地说，"我明明在前天跟你讲过这道题的，而且你的确做出来了，你明明会做的。"

他坐在位置上悠闲地转了下笔，闻言微微抬眼，低笑了一声，嗓音沉沉："你在做梦吗？"

戚长璇睁大眼睛，简直无法把眼前的他和周日晚上的那个他联系在一起，没想到他这个人居然当面一套背面一套。

她恼羞成怒，懒得再跟他多说："对，我是闲，我是做梦，才会一而再再而三被你骂。"

她飞快地转过头去，越想越觉得委屈，那句话配上他的表情，真的特别侮辱人。

上涌的委屈情绪一下让眼睛酸胀不已，她强忍着不让泪水夺眶而出。

刚回到教室的崔笛子正要收拾东西去食堂吃饭，她一眼就看到戚长璇通红的眼睛，惊讶地问："七七，你怎么哭了？是谁惹你生气了吗？"

戚长璇摇摇头，趴在桌子上揉了下眼睛："没有，是刚才不小心被试卷戳到眼睛了。"

崔笛子信了，在她眼里各方面都很厉害、人缘也很好的班长大人，好端端的，怎么可能被人气哭呢？

她舒了口气："没事就好。"

"嗯，你去吃饭吧。"

崔笛子拿着饭卡离开了，教室里人来人往，很快走得差不多了。

戚长璇低头把自己的成绩看完，在心里默默算了一下，数学有进步，但语文稍微退步了，这次出的文言文题目稍有难度。

身后的程逾巳突然开口："我没骂你。"

戚长璇捏紧手里的试卷，没说话。

见她不给反应，他很轻地"啧"了一声，似乎很不耐烦。静了半晌，他说了句："抱歉。"顿了下，他又道，"我不是那个意思。"

戚长璇完全没想过他居然会道歉。

她愣了几秒，突然觉得心里没那么难过了。她吸吸鼻子，闷闷地问："那你为什么不做试卷？"

他很不习惯一本正经回复这些问题，又或者，是他根本没有想过答案。

良久，他反问："你为什么介意我不做？"

戚长璇一噎，扭过头和他对视。

可能是因为教室里已经没有别人了，他把兜帽摘了下来，深邃的眼睛里，没有半分温度。

她忽然一下子说不出话来。

是因为老马的交代吗？好像又不全是。

她撇嘴道："难道你想一直这样下去吗？作业不交，考试不答题，浑浑噩噩度过整个高中？"

程逾巳目不转睛地看着她，看得戚长璇有些发毛。

"你这什么眼神？"

他移开目光，戚长璇感觉压力骤减。他拧开搁在桌子上的半瓶水，仰头喝了一口。喝得太快，水从嘴角溢出，一路顺畅地滑过喉结，隐入衣服里。

他拧上瓶盖，轻轻吐出一口气："所以应该像你一样，每天好好学习，空闲的时候打把游戏？"

戚长璇吸吸鼻子："所有人不都是这样过的吗？"

他笑了，薄唇勾起的弧度让戚长璇移不开眼。

“我不是。”他说。

他眼里有一瞬的迷惘，紧接着是戚长璇看不懂的无尽复杂情绪。

莫鲤和陈斯圆见上楼看成绩的戚长璇半天没下来，只好去教室里找她，正好看到她一个人在发呆。

陈斯圆推了她一把：“在想什么呢？没考好啊？”

莫鲤无语道：“说七七没考好，怎么不说是我们俩超常发挥考及格了？”

陈斯圆一脸蒙：“这两者有什么关系吗？”

莫鲤解释给她听：“关系在于，一个难于登天，另一个想都不要想，因为根本实现不了。”

戚长璇被她们逗笑，打起精神，一手挽一个，和她们一起下楼，顺便把刚才程逾巳的话告诉了她们。

陈斯圆思索了一下，说：“要我说啊，什么‘我不是’‘我跟你们不一样’之类的话，多半是在装。”

戚长璇难得茫然：“是吗？”

莫鲤不屑道：“不就是不想写吗，哪有那么多理由。我还不想写呢，要不是怕被我妈骂，没办法，乱写也要写满。”

戚长璇说：“可我去他家补习那晚，他明明可以做出来的。”

莫鲤说：“那就是大神不显山不露水，想要玩低调，等到某天再突然出个大风头。既然这样，那就让人家玩好了，你巴巴地过去拆穿他干什么？”

戚长璇觉得莫鲤说得很有道理，虽然心里还是有疙瘩，但她毕竟心大，隔了十多分钟，就不再想这些烦心事了。

成绩全部出来后，横向纵向对比，9 班进步并不明显。

老马在课堂上花了一节课的时间仔细分析了一遍这次的考试，最后得出的结论是，评卷老师扣分太严苛。

出乎戚长璇意料的是，他特意指出程逾已这次成绩比起上次，总分提升了二十多分，虽然数学、理综这两科还是老样子，但最后一门英语进步了不少。

这话听得戚长璇一愣一愣的，下了课后，老马特意把戚长璇喊去办公室里，鼓励她再接再厉。

戚长璇简直哭笑不得。

考试周在同学们或欣喜或懊悔的情绪中，很快就过去了。

新的一周更加繁忙，周一的升旗仪式上，校长宣布，举办一整周的“忆苦思甜”活动。

为了达到活动效果，不仅安排学生去校外帮助环卫工人打扫大街，还强制性要求全体师生这一周都必须在食堂里吃饭，不论寄宿生还是走读生，通通都是一样的。

果然，到了放学的时候，校门还是紧闭着的，师生们必须要凭借吃过饭后的印章才得以放行。

于是，这几天的食堂异常热闹。

戚长璇娇生惯养，本来就吃不惯食堂，更加吃不惯食堂为大家精心烹制的“忆苦思甜餐”。

没吃两口，她就搁下筷子。

坐对面的左顾看她不吃急了：“你也太浪费……”

戚长璇瞪了他一眼。

他嘿嘿一笑，赶紧改口：“意思是，小的愿意替您分担！”

他把戚长璇餐盘里的食物全拨到自己盘子里，吃得不亦乐乎。

莫鲤也没什么兴致吃，匆匆扒了两口就算吃过了，她起身和戚长璇一起去放餐盘。

打菜窗口排着长龙，放餐盘的队伍也很长。莫鲤一胳膊肘戳了戚长璇一下，她抬抬下巴：“前面那个是咱班的程逾巳吧？”

他在旁边那排排队，手里端着的餐盘里的饭满满当当的，一口都没有动过。

“吃多少打多少，他倒好，打多少倒多少，可比你挑食多了。”莫鲤说。

戚长璇在莫鲤面前就像只温顺的小猫，只敢哼哼唧唧：“干吗拿我和他比？”

午自习前，戚长璇一个人去了趟小卖部，回来的时候差点赶不上自习课。

“喏，给你。”

她平复了一下呼吸，在全班安静下来前，左手飞快地往右手胳肢窝里一伸，朝后座摊开掌心，上面赫然躺着一块士力架。

动作低调迅速，连隔了条走道的崔笛子都没注意到。

程逾巳慢吞吞抬头：“什么？”

“免得你饿晕在我身后，老马还得找我问情况。”戚长璇坐得笔直，答得理直气壮的。

程逾巳没接。

他在电视上看过它的广告——横扫饥饿，做回自己。

横扫饥饿……

所以，是看到他没吃饭吗？

程逾巳翘了翘嘴角。

见他迟迟不接，戚长璇有些急，她晃了晃手指，依然不回头：“喂？快点啊，你磨蹭什么？到底要不要？不要我自己吃了……”

冰凉的指尖轻柔地在她掌心划过，他把士力架接了过去。

他没打算吃，也没打算丢，端详了一会儿便把士力架收进了兜里。

戚长璇心满意足地把手收了回去。

她向来吃得不多，一顿少吃或不吃并不影响什么，但奇怪的是，从中午开始，胃就一直不舒服。到下午第七节课的时候，中午吃下去的东西不停在胃里翻涌，叫嚣着要从喉咙里涌出来。

她终于忍不住举起手，连话都顾不上说，慌忙起身冲向厕所。

正在讲课的语文老师愣了愣，问：“她去哪儿了？”

问的明显是最了解她情况的戚长璇的后桌程逾已。

程逾已没说话。

周围同学早习惯了他不爱搭理人，不止同学，连老师也不例外。

没想到沉默了几秒后，他罕见地解释了一句：“身体不舒服。”

莫鲤见戚长璇迟迟不回来，趁着老师没注意，猫着腰溜出了教室。

果然在厕所里找到了她。

戚长璇吐得天翻地覆，走路的力气都没有了。她蹲在洗手池前，看着莫鲤泪眼汪汪地说：“食堂师傅肯定跟我八字不合，记得我上一次吃食堂还是小学的时候，吃完就食物中毒了，这次又是这样。”

莫鲤心疼地摸摸她的头：“你接下来几天还是别吃了，我想办法帮你蒙混过关。”

戚长璇还是委屈巴巴：“完了，完了，等会儿第八节自习课时，我还要去扫大街。”

之后的扫大街活动，除了校学生会的外，各个班的班长也要去。

“没事，我替你去就行。”莫鲤说。

左右自习课对她来说也没什么意思，不如出去扫大街。

戚长璇眼睛一亮，眼里什么泪光都没了，她把头搁在莫鲤肩膀上蹭了蹭，笑眯眯地说："莫鲤，莫鲤，你最好了！"

莫鲤好气又好笑，又被她带沟里了。

带队老师没多问，点点头就答应了换人，反正只要每个班能派出人来就行。

高中部几十个学生干部加上几十个班长，所有人都穿着统一的校服，手臂上都挂着红袖章，引得不少路人围观。

里头唯一一个异类就是莫鲤，她本来就不是学生会干部或是班干部，没那么多规矩要遵守，嫌红袖章碍手碍脚的，没戴两分钟就摘了。

带队老师站在校门口分组，需要十几个人扫地，十几个人擦拭公共设施，八个人倒垃圾，还需要五个人除电线杆上的"牛皮癣"。

大家都抢着要干扫地擦拭的活儿，最麻烦的除"牛皮癣"的活儿，谁都不肯干。

带队老师目光在人群中巡视，落到站没站相的莫鲤身上，记起她并不是班长，而是个顶替的，于是挥挥手把她喊过来："同学你愿不愿意除'牛皮癣'？"

莫鲤耸耸肩，一脸无所谓："我都行。"

带队老师赞许地带头鼓掌："看看人家，不是班干部，但是有班干部的奉献精神，你们都学着点。"

大家你看看我，我看看你，还是没反应。

有认识莫鲤的人窃窃私语：“装什么装啊，不就是个市一中不要的小太妹？”

这种攻击人的话实在小儿科，莫鲤心平气和的，只当没听见。

“老师，我去。”

一个身影主动走上前来，他礼貌地从老师手里接过工具：“我愿意去除‘牛皮癣’。”

是高二(1)班的宿淮。

见他出列，好几个女生也举起了手，带队老师松一口气，从中挑了几个出来。

总算安排好任务，一行人浩浩荡荡地出发，学校附近的两条街都要打扫，任务量很重。

宿淮走在莫鲤身侧，他瞥她：“你怎么会来？”

莫鲤挑了根最近的电线杆，拿着小铲子用力铲，铲了半天小广告依然牢固，她没好气地回：“反正跟你没什么关系。”

宿淮跟附近擦拭公共设施的同学借了块抹布，用湿抹布在陈旧的广告纸上擦了擦：“这样更好铲一点。”

历经风吹日晒的“牛皮癣”终于在水的攻击下低下了头。

莫鲤擦了把额头上冒出来的虚汗，不领他的情：“不用你说，我知道。”

好不容易铲完半条街道的电线杆，其余人都已经在收尾了，莫鲤不由得加快速度，虎口因为连续用力，已经开始隐隐作痛。

那几个帮忙的女生叫苦不迭，任务繁重就算了，宿淮也不太和她们说话，她们动作越来越慢，最后索性敷衍了事，拿抹布随便抹两把就算了。

莫鲤见不得她们这么随便，铲干净自己面前的，便走过去替她们铲过的地方收尾，但因为太过心急，一铲子下得太猛，不小心直接铲在了左手手指上，瞬间铲掉了一小块皮。

莫鲤不适地闷哼一声后，平静地看着鲜血快速渗出来。

她自己没什么反应，身旁一只手却比她更快，宿淮握着她的手腕，拧紧了眉头："你是白痴吗？"

莫鲤怔了几秒，这是她头一次见到宿淮骂人。

宿淮松了手，去附近店买了创可贴替她贴上，边贴边说："别再铲了。"

莫鲤嗤笑："不铲了？算了吧，我可不想搞你们学生会干部那套虚的，要铲就铲干净再走，早点铲完早点回去。"

宿淮看了她一会儿，弯腰在水桶里把抹布清洗干净，递到她没受伤的那只手边："你来擦，我来铲。"

"不用，这点小伤根本不影响什么，我以前受过的伤可严重多了。"

"你不心疼自己——"他表情很冷，"我心疼行不行？"

他不由分说地夺过莫鲤手中的铲子，不再看她的表情："不是说要早点干完早点回去吗？"

除了他们外，其余人已经差不多走光了。

莫鲤从愣怔中回过神，看他毫不退步，她笑了笑，耸肩让到一旁："好啊。"

宿淮两只手同时开工，动作利落，速度却并不见多快。

看着眼前整面墙的小广告，莫鲤连声催促："喂，大哥，你动作能不能再快点？到底想不想快点回去啊？"

宿淮淡笑着没说话。

微风吹拂，少年少女并肩而立，他们近到他微微低头就能闻到她头顶洗发水的香味——

说实话，他一点也不想快点铲完。

9班教室里，戚长璇也没好受到哪里去。

胃里吐空了，难受加疲惫，她手撑着头睡了过去。

她睡得很沉，头晃来晃去，一下一下磕在玻璃窗上。

"咚咚咚！"

轻微的声音吵得程逾已拧起眉头。

他抬眼看着她脑袋摆动的幅度，心里暗咒一声，随手在课桌上挑了本崭新的化学教科书，在她头再度轻微仰起的时候，眼疾手快地塞了进去——

教科书与她的脑袋紧紧相贴。

整个世界都清净了。

好不容易挨到周日，持续了一整周的活动终于落入尾声。

再也不用忍受食堂师傅的厨艺了，戚长璇连带着心情也好了不少。

注意到她笑容变多，左顾觉得有戏，小声招呼着："戚长璇，戚长璇！"

守在讲台上的戚长璇莫名其妙地看他一眼："干什么？"

左顾招手："你过来下！"

不止他，左顾旁边的几个男生也连声招呼着戚长璇过去。

这节课是英语课，英语老师很严厉，平时上课特别凶，经常抓着几个男生训斥。今天英语老师人虽然生病了没来上课，但还是布置了作业让大家写，下了课就得交。

班里一群男生跟英语老师对着干，却一直讨不着好，算是怕了她，这次作业要是继续一通乱写，估计会被她直接告到老马那里。告状到老马那里不可怕，但据说她会直接让老马联系家长，她要亲自跟家长对话。

左顾抓耳挠腮，声音拖得老长："戚长璇，我不会做啊。"

不止他，其余几个男生也交头接耳怨声载道。

戚长璇笑眯眯地拖长语调："不会做啊？"

左顾率先打起了小算盘："好班长，好七七，不如你……"

戚长璇秒懂："想抄我的？"

左顾猛点头："你写完了吗？"

戚长璇翻了个白眼："废话。"

左顾没骨气地说着好话："全世界最美最善良最温柔的七七，麻烦你可怜可怜我们吧，我们是真不会做啊。"

戚长璇叹口气道："也不是不行……"

戚长璇这个人吧，平时看着管得松，但其实有些地方比老师还要严苛，比如考试比如写作业，她很看不惯互相抄袭。

要不是今天一下课就得交作业，来不及找外班的帮忙，左顾也不会想着求戚长璇。

"但……你们确定真的要抄我的？不要后悔哦。"

这一刻，戚长璇浑身上下仿佛镀着圣光。

为了能渡过难关，左顾点头如捣蒜："确定，确定，当然确定，怎么会后悔？"

戚长璇吊足了胃口，笑着应道："行吧。"

魏靖南欣喜万分地道谢："谢谢班长。"

左顾感动得泪流满面。

今日的戚长璇真的很好说话，直接把自己写得满满当当的作业本丢给了他们。

几个男生欢欣鼓舞，其余听到动静的后排男生也蠢蠢欲动起来，纷纷到戚长璇面前说好话，戚长璇通通答应了。

第八节课下课前，戚长璇拿着笔记本起身走到讲台前："关于今天英语课的作业，除了我念到名字的同学外，其余同学在下课后就可以走了。"

左顾给了魏靖南一个眼神，自信满满地认为自己肯定能过关，但接下来就从戚长璇口中听到了自己的名字："左顾、魏靖南、李畅……程逾巳。"

念完全部名字，她的视线在教室里环顾一圈，笑眯眯地说："以下同学，将今天布置的英语作业罚抄十遍，晚自习前交。"

"啊？"左顾不敢相信自己的耳朵，"我们不是交了作业吗？"

除了程逾巳是实打实地没交外，他们其余十多个人可是老老实实把作业交上去了的。

戚长璇把笔记本一合，狡黠地笑："我刚才不是说了吗，抄我的作业是要付出代价的。"

"可是……"

"怎么？嫌少？那抄二十遍好了。"

左顾㞞了，心里暗搓搓地骂，自己不该被戚长璇看似纯良的笑容冲昏了头脑，不该相信她的，戚长璇果然没好心。

魏靖南逆来顺受，也不多说，默默把两支笔绑在一起，生无可恋地赶紧抄了起来。

戚长璇连蹦带跳地回到了自己座位上。

她心情更好了。

9班抄袭成风，她早就想整治一番了，这次趁着这个机会，正好让他们吃吃苦头。

她都被自己感动了，觉得自己当班长以来，终于做了一回正事。

打了下课铃后，她喊上莫鲤和陈斯圆一起出了趟校门。她也不是完全不近人情，知道大家忙着罚抄没空吃晚饭了，特意买了奶茶和麦当劳带进来分给大家吃。

留下来罚抄的不少同学是寄宿生，除了放月假外，不能离开学校，能吃到校外的美食，他们便瞬间忘记了戚长璇“大魔王”刚才的所作所为。

“其实老师布置的作业真的不难，你们只要少说点小话，就能听懂做完。”戚长璇苦口婆心说，“平时抄作业，等到考试的时候没得抄了，那有什么用呢？”

魏靖南觉得很有道理，信誓旦旦地说：“班长说得对，我下次再也不抄作业了。”

后排的李畅骂骂咧咧老半天，猛吸了一口奶茶，嘟囔着说：“不抄就不抄，反正老子成绩差是事实。”

左顾对戚长璇打个巴掌给颗枣的行为早已习惯。

他默默撇嘴，完了，完了，明明是惩罚，但戚长璇明显又拉拢了一拨人心。

安排好大家后，戚长璇准备写作业。

刚写了两个字，笔芯就没水了，她打开笔袋，打算换支笔。数来数去有些不对劲，仔细一想，她才想起，自己好像把一支钢笔落在程逾巳家里了。

钢笔是她爸爸去欧洲旅游时买给她的，她一直很喜欢。

她直接扭头找程逾巳，摊开手："把我钢笔还给我。"

程逾巳也在罚抄，他对这些不用动脑的事，并不排斥。

桌上的奶茶，他一口都没喝，也并没有去讲台上拿麦当劳的意思。戚长璇从没见过他吃东西，他好像从来就不知道饿。

闻言，他慢悠悠地抬眼："什么钢笔？"

"就是我不小心落在你家里的那支，"戚长璇比画着，"红色的，笔帽上镶了颗水钻。"

他毫不犹豫地回："没见过。"

"怎么可能？我教你做数学题的时候，不就是用的那支笔吗？"

他不耐烦地眯起眼："你到底什么时候教过我？"

他看起来不像在说谎。

戚长璇愣了半晌，联想到他之前的反应……

难道他真的完全不记得自己去过他家这回事？

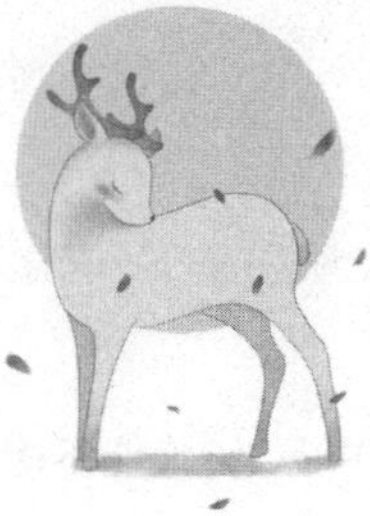

第四章

外星人的双重人格

9 班的语文老师是个年近六十岁的严肃老头，平时上课很古板，经常讲得人昏昏欲睡。

这天他家里有点事，便请了个假，让 5 班的语文老师兼班主任来代一节课。

5 班的语文老师姓欧阳，不仅长得又高又帅性格还温柔，被奉为启风学校“第一男神”，陈斯圆一众女生仰慕他很久了，经常在戚长璇面前念叨，自己为什么没分到 5 班去。

这次亲眼见到欧阳老师，戚长璇终于打从心底里认同了陈斯圆一次。上课时，她不只听课听得格外认真，还积极举手，主动申请念课文、答题。

欧阳老师频频点她的名，连带着注意到她身后睡觉的程逾白，于是点了他好几次名。

戚长璇念完《寡人之于国也》，刚一坐下，马尾便被身后的人扯了一下。

耳畔传来程逾白带着点厌烦的声音："你能不能消停会儿？"

戚长璇用手护住自己的马尾，身体往前倾："你能不能老老实实地听课？"

见身后的程逾白不说话了，戚长璇得意扬扬起来，自觉怼赢了他。

她和程逾白，好像进入了微妙的和平期。

经过这段时间的接触，她算是有点了解程逾白了。他就是嘴巴毒而已，并没有恶意。跟他置气真的没必要，直接怼回去才是真理。

一个不防，她的马尾又被他扯了一下，她吃痛地扭过头却见他懒懒地笑了下。

他仔细端详了一下她的脸，语气平淡："面带桃花啊。"

戚长璇瞪他一眼，不想跟他一般见识，义正词严地说："别打扰我听课。"

身后转笔的声音一停，紧接着传来一声嗤笑，他道："怎么，他很帅吗？”

戚长璇故意刺激他：“那当然。”

他不以为然地轻笑：“嗯，人果然是越缺什么，越喜欢什么。”

戚长璇愣了愣才反应过来他是什么意思，敢情是拐着弯骂她呢。

她气恼地说：“你才丑呢。”

下了课后，不出意料，程逾已被欧阳老师喊去了办公室。

欧阳老师把程逾已在课堂上睡觉的事告诉了老马。老马不是第一回碰到这种状况，所有的任课老师都批评过程逾已，且不止一两次。但不论怎么处罚，他都是老样子。老马无计可施，只好让他在走廊上罚站。

戚长璇正在偷偷摸摸玩手机，骤然被身旁一道黑影笼罩住，她吓了一跳，一抬头才反应过来是程逾已站在窗外。

他又被罚站了。

她顿时有些幸灾乐祸，不忘朝他的背影做了个鬼脸。

语文课之后是历史课。

9班虽然是理科班，但在学业水平考试之前，包括政史地在内的科目都要学习。

戚长璇对历史不感兴趣，没听几句就犯困了，她把书本堆得很高挡住老师的视线，打算小睡一会儿。

她刚一趴在桌子上，窗户上便传来“咚咚咚”的敲击声。

她恼怒地抬头，却只看到程逾已背对着她，压根没回头。

她又趴下，眼睛刚闭上，窗户上又传来敲击声。

他依然没回头，好像后脑勺长了眼睛一样，偏偏在她闭眼的时候，故意发出声响来打扰她。

戚长璇来了脾气，“噌”地坐得笔直，反敲了回去。

这下他果然没动静了。

戚长璇心满意足地重新趴下，完全没意识到老师早已注意到她的动作——

“一组第七个那位同学，干什么呢？”

毫无悬念，戚长璇也被老师喊去走廊上罚站了。

她毫不怀疑，程逾已是故意把她拖下水的。

“这下你满意了？”戚长璇没好气道，“你能不能消停一会儿？”

话一出口，她便觉得有些耳熟。

果然，紧接着就听到程逾已漫不经心地回复一句：“你能不能老老实实地听课？”

“你！”

戚长璇哑口无言。

周五第四节课照例举行每月一次的主题班会。

新的学校新的环境，一切都需要重新适应，老师与学生之间的摩擦很多，不少调皮捣蛋的学生让老师头疼不已，三天两头就要叫家长来学校。但更多的是学生与学生之间的冲突，也许一句无意中的话，就会对身边同学造成伤害。这个年纪的他们，通常一言不合就会打起来，连小小的推搡都能成为一次打群架的理由。

所以这次班会的主题是沟通。

PPT是陈斯圆做的，她花了两个晚上，做得很精致，只可惜在临上课前五分钟，她一翻书包，发现忘带U盘了，一切的准备都泡了汤。

班会在即，刻不容缓，十多分钟后，还会有校领导和学生会的同学来检查班会进度。

戚长璇不作他想，在上课铃结束后，三两步上了讲台。她视线环顾一周，面带微笑道：“今天的班会，我们换一种形式来开。”

纵使知道戚长璇一向主意很多，班里同学还是愣了愣，面面相觑。

“想必大家也知道这次班会的主题是什么。沟通嘛，就是说话，你说你的心里话，我说我的心里话，所以今天大家有什么意见就提出来，不必顾忌，有则改之，无则加勉嘛。”

教室里还是鸦雀无声。

戚长璇面不改色，继续笑眯眯地说：“既然你们没想好说什么，那我就先来说。”

她望向坐在一组最后一个位置的程逾巳，他把校服外套脱了，仅仅穿着宽松的连帽衫，此刻像是没骨头般懒散地倚靠在墙上。

“大家都知道，班主任交给了我一个艰巨的任务，那就是抓一抓程逾巳同学的学习。”她做了一个无奈苦笑的表情，继续道，“所以呀，我的心里话就是，希望程逾巳同学可以配合我一点，多交几次作业，还希望他可以多笑一笑，不要整天里冷着脸。我以前只听说过冰块脸、冰山脸，直到见了他才真正长了见识，原来这世上还有冰块脸和冰山脸的总和——南极脸、北极脸，简直能冻死人。”

她这句玩笑话显然冲淡了班里的尴尬气氛。

被调侃的程逾巳终于将视线从窗外移了回来，他面无表情地盯着戚长璇看了几秒后，忽地嘴角一挑，勾出一个意味不明的笑来。

这笑容看得戚长璇心惊肉跳的，程逾巳只要一笑，准没好事。

戚长璇讲完后，坐回了自己的位置上，不忘回头叮嘱程逾巳一句：“别怪我没提醒你，等会儿校领导会来检查，你最好把校服穿上。”

他完全没有搭理她的意思。

戚长璇以为他没听见，再度扭头：“听见没有，等会儿扣分了，老马同志又要找你麻烦了。”

“别跟我说话。”他语气不咸不淡。

戚长璇不明就里地问：“怎么了？”

身后的人沉默了好一阵。

“不是南极脸吗？”他掀起眼皮，不屑地轻嗤，“那你上赶着凑过来干什么？”

戚长璇怔了怔，忍俊不禁。

这人怎么跟小孩一样记仇啊？

戚长璇笑眯眯地把头搁在交叠的手上，趴在他课桌上偏头看着他，澄澈的眸子看起来乖巧极了：“哎，你生气了？”

程逾巳抿着唇没答话。

戚长璇得寸进尺，更加凑近了些，摆明了想看清他的表情：“你不是吧，我也没说什么啊。”

她故意逗他：“程逾巳，我开玩笑呢。”

程逾巳终于有了反应，他手指抵着她的额头往后退，直到她完全退出了他的课桌，才不耐烦地说：“你有完没完？”

“完了，完了。”

看着他一脸毫不掩饰的烦躁，戚长璇乖乖转回去，她一点也不生气，反而心里乐开了花。

她摸摸额头，凉丝丝的，心里却是甜滋滋的。

把一切尽收眼底的左顾心情更加复杂了——

唉，戚长璇这个受虐狂又上赶着找虐了。

同学们都在窃窃私语，过了好几分钟，还是没一个主动上讲台的。

大家都不习惯把事情说得太开，即便对其他人有不满的地方，基本都是选择忍耐，个别性子冲的，则会选择大打出手。

又过了几分钟，戚长璇身边响起轻微的椅子与地面摩擦的声音，崔笛子突然站了起来。

她摸摸鼻子，在大家惊讶的目光中，小步跑到了讲台前。

第一回在讲台前说话，她有些紧张，说话难免磕磕巴巴："大……大家好，我是崔笛子。"

班里所有人都看着她。

"我知道我胖，跑操老是拖后腿，脑子也笨，跟不上大家学习的进度，所以，大家可能都不太喜欢我。"崔笛子深吸一口气，眼睛依然亮晶晶的，"但在接下来的日子里，大家还要一起经历很多很多的事情，很久很久以后回忆起来，高中会成为这辈子最难忘的一段记忆，我希望，这段记忆是美好的。"

崔笛子鼓起勇气继续说："所以，我希望能和大家做好朋友！"

大家都没说话，神态各异，若有所思。

在沉寂了两秒后，戚长璇带头鼓起了掌，鼓完掌后她笑着把手拢在嘴边做喇叭状，大声说：“笛子，我喜欢你，我愿意和你做好朋友！”

崔笛子捂着嘴害羞又激动地笑起来。

她话音刚落，不少女生也应声道：“笛子，我也喜欢你！”

班里几个调皮捣蛋的男生也跟着鼓掌起哄。

脸蛋红扑扑的崔笛子回了座位后，坐她身后向来喜欢欺负人的李畅轻轻拿书敲了下她的肩膀，干巴巴地说：“喂，其实你也不胖……”

“谢谢你。”

李畅吞吞吐吐半晌，跟她道歉：“还有啊，之前的事，不好意思啊。”

崔笛子笑了笑，真诚地说：“没关系。”

有了她带头，气氛火热起来，不少同学也纷纷上讲台说话。那些本就无关紧要的小矛盾小冲突，在和谐欢快的气氛中一一化解了。

当天下午，崔笛子便邀请同学去她家开的小超市里玩。

超市虽然不大，但是开辟了一处可以容纳三四十个人的休息区。崔笛子放话，零食饮料可以随便吃随便喝。

这天正好放月假，从周五下午放到周日的下午，除了部分同学急着往家赶外，不少同学纷纷响应。

等戚长璇拉着莫鲤赶到小超市时，人已经到得差不多了。李畅他们几个也死皮赖脸地凑了过来，不只自己来了，还呼朋唤友，喊了好几个外班或是外校的兄弟一起来。

崔笛子人好，热情招待着他们。

程逾巳也在，他并不排斥任何集体活动。不只他在，宿淮居然也来了，此刻正和程逾巳坐在一起，两人有一搭没一搭地说着话。

注意到戚长璇和莫鲤出现，宿淮朝这个方向看过来，冲她们笑着点点头，算是打招呼了。

戚长璇礼貌地挥手回应了一下，莫鲤则权当不认识他。

光吃吃喝喝没意思，李畅按捺不住无聊，主动说："不如咱们来玩抽乌龟吧？"

女生们聊八卦聊得起劲，不感兴趣。男生们蠢蠢欲动之余，打量着班长大人戚长璇的神色。

戚长璇笑道："看我干什么？现在可不是在学校里。"她摊手，"你们自便咯。"

大家顿时松了一口气，气氛融洽起来。

有人问："班长，不如一起玩？"

戚长璇拆开一袋薯片，问："输了怎么算？"

"输了的人玩'真心话大冒险'。"

戚长璇眼睛一亮："好啊，算我一个。"

她本就爱玩，恨不能天天翘课泡在网吧里。自从来了启风学校当了班长后，为了维持好形象，她已经憋了很久了。

几个男生和女生搬着凳子嬉嬉笑笑地凑成一桌坐在一块，李畅不知道从哪里掏出一副扑克牌来。就等着这一刻，他故作凶神恶煞道：“输了可不许赖账啊。”

第一轮，莫鲤输了。

她把手里的牌一丢，眼也不眨就选了“真心话”。

李畅眼珠子一转，暧昧地笑着提问：“不知道莫鲤同学有没有男朋友啊？”

莫鲤答得爽快：“没有。”

李畅来了兴趣：“那有没有喜欢的人啊？”

一桌人看出李畅的意图，开始起哄。

戚长璇拦住他：“哎哎哎，别赖皮，这是第二个问题了。”

莫鲤眼神微微闪烁了一下，虽然觉得这个问题很无聊，但还是毫不犹豫地答了：“当然没有。”

“嗨，没意思，重来，重来！”

他们那头欢笑吵闹，动静很大，声音一字不漏地落在隔壁桌宿淮的耳里。

宿淮捏杯子的手紧了紧，他忽然站起身走过来，礼貌地问：“可以算我一个吗？”

莫鲤看都没打算看他，低头洗牌。

李畅大大咧咧，来者不拒，当即给他腾了个位置出来。宿淮扭头见程逾巳一个人百无聊赖地坐在另一桌，主动客套地问了一句："来玩吗？"

程逾巳顿了一下，懒散地起身，应了声："好啊。"

大家都没想到他会答应。

第二轮，很不幸，第一次玩这个游戏的程逾巳手里的牌剩得最多，输了。

"问吧。"

他同样很干脆地选择了"真心话"。

大家你看看我，我看看你，他们跟程逾巳实在不是很熟，一时不知道该问他什么好。

坐在戚长璇身后观战的陈斯圆小声说："不如，你讲一个从没告诉过任何人的秘密吧？"

秘密？

这个问题好，戚长璇顿时竖起耳朵认真听，她觉得程逾巳浑身上下都是秘密。

程逾巳垂眼笑了笑，说道："我不是这里的人。"

他神情一贯的淡漠，反倒他旁边的宿淮担忧地皱了下眉。

大家纷纷"嘘"了一声，不是这里的人？这不是开玩笑吗？谁不知道他是从外地转来的？班里不是本地人的学生多了去了。

莫鲤撇嘴，很不屑一顾地嗤了声：“这算什么秘密。”

戚长璇愣了愣，半惊半疑地看着他。不知道为什么，她脑海里飞快地闪过些什么。

如果他的话不是字面上那么简单呢？不是这里的人？“这里”指的是什么呢？这所学校，这座城市，还是别的什么呢？

顾不上细想，只见李畅挥了挥手，毫不在意地说道：“来来来，把牌洗了，再来。”

几轮游戏下来，大家兴致高涨。

戚长璇也正在兴头上，输了的她无所畏惧地选择了“大冒险”。

“真的选‘大冒险’？”李畅问。

“真的选‘大冒险’。”

“可别后悔啊。”对于第一个敢于选择“大冒险”的人，李畅自然不肯轻易放过，他嘿嘿一笑，“要玩就来好玩的。”

“你想怎么个好玩法？”

“大冒险”嘛，无外乎就是拦着陌生人表白，这些事情她以前闹着玩的时候不是没干过，一点也不怕。

李畅说：“那你敢不敢给在座的一个人念首诗，就语文老师之前在班上念过的那首。”

全场静了一瞬，他们自然知道那是一首情诗，语文课上老师念起这首诗的时候，大家都在笑闹。

李畅旁边的男生揶揄："畅哥，别太过了啊。"

戚长璇不肯服输，硬着头皮说："念诗而已，很简单，这有什么好怕的。"

"够爽快！"

一堆人开始起哄。

看着她毫无顾忌地跟着大家一起胡闹，程逾巳似笑非笑地扯了下唇，没说话。

李畅不好随便指定一个人，于是说："不如转瓶子来决定。"

他捡起一个空的啤酒瓶搁在了桌子上，手指一用力，瓶子便飞快地转动起来。

眼花缭乱间，所有人都盯着那个瓶子看，眼睁睁地看着它旋转的速度变慢。

左顾双手合十，小声念叨着："拜托拜托，千万不要是我！"

如果真的是他，那事后他肯定会被不肯吃亏的戚长璇凌虐千万遍。但事与愿违，瓶口居然真的缓缓停在了他面前，左顾脸都吓白了。

下一秒，不知道是谁踢了一下桌子，桌面抖动了一下，瓶子一斜，瓶口稳稳当当对准了左顾身旁的程逾巳。

左顾长舒一口气。

莫鲤似有所察，古怪地抬眸看了眼神情自若的程逾巳——刚才那脚，似乎是他踢的。

所有人都没说话，戚长璇也有些后悔，不该逞一时口舌之快的。

在场的人，除了程逾巳，不是她的好姐妹就是好哥们，跟谁“念情诗”都好说，就算是左顾也没事，大不了事后多压榨他几次，反正是闹着玩嘛。

可偏偏是程逾巳，这就难办多了。

程逾巳倒是没什么反应，平静地看着她。

戚长璇起身站了起来，莫鲤看出她有些紧张，拉住她的手：“要不算了，罚酒一杯吧？”

几个男生开始起哄，摆明了看热闹不嫌事大：“要赖不好吧？”

李畅不忘问程逾巳一嘴，尊重一下他的意见：“程逾巳，你不介意吧？”

戚长璇也眼巴巴地看着程逾巳，等待着他的答案。

程逾巳瞟了李畅一眼，淡漠地说：“随便。”

这个答案出乎戚长璇的意料，但似乎又在情理之中。

程逾巳都说随便了，她自然不能扭扭捏捏。

戚长璇轻哼一声：“谁说要耍赖了？”

她在程逾巳面前站定，把头发别在耳后，没有正儿八经地半蹲着，而是微微弓着身，那双清亮的眼眸直直地看着他。

她深呼吸，收起所有不正经，拉着他的手念起了舒婷的《致橡树》：“我如果爱你——绝不像攀缘的凌霄花，借你的高枝炫耀自己；我如果爱你——绝不学痴情的鸟儿，为绿荫重复单纯的歌曲；也不止像泉源，常年送来清凉的慰藉；也不止像险峰，增加你的高度，衬托你的威仪。甚至日光，甚至春雨。”

她小心翼翼拿起桌上的易拉罐拉环郑重其事地套在他手指上：“爱——不仅爱你伟岸的身躯，也爱你坚持的位置，足下的土地。”

这个空当谁也没有说话，明明只是一个玩笑，却莫名带着一种郑重，大家都屏住了呼吸，觉得正经的戚长璇帅气得不行。

戚长璇抬眼凝望着他。

他也看着她，眼里平静无波，什么情绪也没有。

她弯唇一笑。

深情款款念完诗，戚长璇装模作样要吻他的手背。

身后不知道是谁生怕她借位，在她身后推了一把，她猝不及防地往前一栽，牙齿狠狠磕在他手背上，在他的手背上留下了一个牙印。

身后几个男生吹着口哨起哄。

戚长璇赶紧抬起头，湿润的唇与他的手背接触了半秒便匆匆分开。

戚长璇还没反应过来，程逾巳却浑身一震，飞快地把手抽了出来。

戚长璇后知后觉，掌心仿佛还残留着他皮肤冰冷的触感。

她下意识地问："你很冷吗？"

程逾巳没答话，他脸色白得吓人，眉头也紧紧地蹙在一起，他倏地站起身，招呼也不打便走了出去。

一桌子看热闹的人都愣住了。

戚长璇也呆怔在原地，她都没走人，他却走人了，这算怎么一回事？

难不成因为自己不小心磕了他一下，他便生气了不成？

顾不上细想，她径直追出去："喂，你去哪儿？"

程逾巳抿紧嘴唇，满脸不耐烦，完全没有和戚长璇说话的意思。

"程逾巳！"

他还是脚步不停，很快出了超市走到了大街上，不知不觉天色已经渐晚，他不由得加快了脚步。

"你是感冒了吗？为什么手这么凉？"她问。

他瞥向她的眼神比他的皮肤还要冰凉，他没好气道："滚开。"

戚长璇气笑了，勉强算是习惯了他的性情反复，时好时坏的。

她不服气地说："我说，你不会是气我磕了你一口吧？仔细说起来，还是我吃亏啊。"

程逾巳根本不在乎她在说什么，他只觉得烦躁的情绪快要克制不住了。

戚长璇拦住他的脚步："你到底怎么了？"她把憋在心里的话一口气说出来，"你看不出大家都很怕你吗？面对你时都很小心翼翼吗？你到底为什么要排斥所有人的示好？"

他终于停了下来，垂眼睨她一眼，像是觉得好笑："听不懂我的话是吗？让你离我远一点，你不明白吗？"

戚长璇站定，回视着他："你把话说清楚，我就走。"

他陡然欺身上前，将戚长璇逼到墙角，嘴角带着抹讽刺的笑："说清楚？你想我说清楚什么？"

戚长璇退无可退。

他嗓音低沉："我有病，你不知道吗？"

"什么？"

他半掀着眼皮，眼神苍凉，唇边却挂着恶劣的笑："会吃人。"

他呼吸很沉重，沉重到，戚长璇的气息也跟着一乱。

他猛然垂下头，按紧戚长璇的肩膀不许她动弹，一口咬在了她裸露在外的脖子上。

她猝不及防被咬，顿时僵在了原地，愣了半晌都没回过神来。

她想，他应该是在开玩笑，是想故意吓唬她吧？他咬得并不重，除了有些凉有些痒外，并不痛，他这副样子反倒让她有些心疼。

他在自我厌弃。

不知道过了多久，他似乎冷静下来，力道渐渐松懈。

戚长璇轻声开口："你没事吧？"

他低头审视她的表情，她眼里除了压抑不住的惊恐外，似乎还有怜惜。

怜惜？她在怜惜什么？

他冷冷地推开戚长璇，转身往前走："还你的。"

戚长璇松了口气摸了摸脖子，她磕了他一下，所以，他要还她一口吗？

还好没出血，不然她大概要怀疑他是只吸血鬼了。

正打算继续跟着他，却听他淡淡丢下一句："如果你继续往前走，两秒后就会被砸中。"

她虽然没想明白他这话是什么意思，却下意识地停住了脚步。下一瞬，伴随着一声惊呼，一个花盆掉在了她脚边，花盆被砸得支离破碎，泥土也洒了一地。

差一点儿，她就中彩了。

事态的发展出乎意料地诡异，他似乎不打算再掩饰什么。

顾不上抬头寻找始作俑者，戚长璇把心里积压了很久的震惊和疑惑问出了口："你刚才说你不是这里的人是什么意思？是你的家人不在这里，还是说……"

她觉得脑海里就像有一团乱麻，开学以来发生的种种事情都缠绕成一团，那些疑惑通通在此刻爆发出来，再不理清就要溃烂了。

他无所谓地笑了一声："如果我说，我不属于这个星球，你信吗？"

戚长璇张了张嘴，却发不出声音来。

她想说都什么时候了，你还开玩笑，却说不出来。

他不欲再说，很轻地叹了口气，语气里带了点无可奈何："听话，别再跟着我了。"

走出几百米远，程逾巳转头看了下，她果然没再继续跟着自己了。

程逾巳捂住心口的位置，神情有些怔忡。

他本不该和任何人有过多接触的，他本该低调度过属于他的漫长时光的，可自从遇见她后，一切似乎都脱离了他的掌控。

他很清楚地知道，他失控了。

就在刚才她嘴唇触碰到他皮肤的那一刻。

心口的旧伤，因为那触碰，引发突如其来的剧烈疼痛感，久久没有消散。

他眼神一暗，在漆黑夜幕降临之前，加快了脚步。

莫鲤看着戚长璇追着程逾巳出去，犹豫了一下，最终还是没有跟过去。

正是因为不明白他们之间发生了什么，所以不宜管太多，他们自己的事情，自己解决就好。

见两个当事人都走了，李畅他们几个埋怨了几句，便开始了下一轮。

戚长璇走了，陈斯圆在另一桌跟崔笛子一块吃零食吃得不亦乐乎，她没什么心思继续玩了，站起身准备走人。

走出几步远，玩游戏那桌人说话的声音断断续续传入她耳朵里。

其余人早已两手空空，手中还剩了牌的宿淮说："我输了，我选'真心话'。"

不等李畅发问，旁边就有好奇的女生害羞地提问："你有喜欢的人吗，宿淮？"

他笑了："当然。"

问话的女生满脸遗憾，继续道："这样啊……我方便问一下，你喜欢的那个人是谁吗？"

宿淮笑容一淡。

莫鲤不欲再听，把手插进兜里，飞快地走了出去。

宿淮偏了偏头，扫了眼超市入口的方向，那个即将脱口而出的名字便哽在了喉咙里，说不出口也咽不下。

他站起身，礼貌地微微颔首："时间不早了，我还有事，就先走了。"

李畅也不挽留，左右这里人很多，不差他一个。

见他们一个接一个离开，左顾抬头四顾，有些茫然。

他好奇地翻开宿淮盖在桌面上的牌，仔细看完后，不禁呆了呆。

他手里有两个对子，明明是可以赢的。

月假结束后的晚自习，程逾巳照例没有出现。

戚长璇百无聊赖地发了很久的呆，她思索了两天都没有想明白，她觉得自己的脑子已经不够用了。的确，程逾巳身上的谜团实在太多太多——

他异于常人的体温。

她从没看过他吃任何东西。

他学习的速度很快，不论是功课还是游戏。

那次桌子塌了，他一向不爱多管闲事的，那天怎么就正好过来提醒她呢？

还有，那次体育测试，真的是秒表坏了这么简单吗？

再加上那个从天而降，被他未卜先知的掉落的花盆……

种种叠加，越想她越心惊。

他问她："如果我说，我不属于这个星球，你信吗？"

虽然荒谬到不可思议，但她其实一点没觉得他在撒谎。

那些日积月累的大胆猜测反而终于尘埃落定。

她内心里那个声音一直在告诉她，她信，她当然信。

他浑身上下有一种吸引人的危险气息，越是这样，她越是好奇，越是想靠近他。

可倘若他说的是真的，他为什么完全不记得自己去过他家这回事呢？那个晚上的他的确和往常的他完全不一样。

下了第一节晚自习后，她没打招呼，一个人偷偷溜出了教室，从早就踩好点的地方翻墙离开了学校。

既然那天晚上他的确邀请过她，而她也的确答应了——

说不定见到他，一切就能水落石出了。

她在他家门口站定，犹豫着这次该用什么理由。

她还没想明白，门便打开了。

她惊讶地看着程逾巳站在门口冲她微笑："傻站着干什么？"

她一脸严肃地上下打量他，直到他疑惑地轻轻蹙眉头，才迅速地抓住他的手，掀开他的衣袖检查。

他的手背上依然留着那道牙印，不知道为什么，居然还没有消失。

但，他的的确确就是程逾巳无疑。

戚长璇泄了气，喃喃自语："不可能吧，居然真的是他……"

证实的那一刻，她反倒更加茫然，无法相信，一个人怎么可能真的有两副面孔呢？

程逾巳的目光也随之落到自己右手手背的牙印上，他目光一沉，似在思索。

沉寂了几秒后，他抿唇一笑："怎么这么久才来，我等你很久了。"

这诡异的开场白吓得戚长璇一抖，她干笑一声，还有心思开玩笑："我说，你们星球的人不会都有两副面孔吧？我们明明前两天才见过，装什么啊？"

她这句话有些滑稽，程逾巳却没有笑，表情变换了一下，从惊讶化为释然。

"你果然都知道了……"他兀自喃喃，"也是，他只有在你面前，才无法掩饰自己……"

他倒了一杯温水递给戚长璇。

戚长璇接过水看着他："我来是想问你一个问题。"

他点了下头，似乎已经明白了她的意图，他若有所思地捏紧自己的水杯："长璇，你发现了我的秘密。"

"啊？"

看她这副如临大敌的模样，程逾巳反而笑了："发现了真实的我。"

戚长璇一口水呛了出来，她是真的不太适应这样的程逾巳，总觉得他下一秒就会摆出那张讽刺脸来。

她默默接过程逾巳递给她的纸巾，擦了擦嘴，不自在地清清嗓子，正襟危坐。

“你接着说。”

“我的确没有双胞胎兄弟，我们星球的人并不是这个样子。如果你有注意的话，就能发现，我和这里的人并没有什么区别。”

行吧，戚长璇一时无法反驳。

除了体能，除了不吃饭，除了对危险敏感外，外表看起来是没什么区别。

“那你到底为什么会……”

“双重人格。”

轻描淡写的四个字让戚长璇手指微微一颤，嘴唇苍白。

戚长璇半信半疑道：“怎么证明你说的是真的？”

“我和另一个我拥有不同的记忆，是两个完全独立的存在。他不知道现在我经历了什么，我也不清楚他身上发生的事，所以，我们上一次见面还是你来补课那次。我的的确确是程逾巳，但这个我，有另一个名字，我叫司郁。”

“司郁……”戚长璇喃喃着这个名字，脑海里飞快地闪过些什么，却来不及抓住。

司郁顿了顿，垂眼抚摸着那道牙印，似笑非笑地问：“如果我没猜错的话，这是你咬的吧？”

“那什么……”戚长璇眼神躲闪，尴尬地转移话题，“那应该如何区分你们？”

刚一问出口，戚长璇就觉得自己问了个蠢问题，这不明摆着吗？

现在的程逾巳脾气性格比另一个他不知道好多少倍。

“他在白天，而我被困在夜晚。”司郁说。

戚长璇听司郁聊了很多关于外星球的事情，那些新奇的前所未闻的说法使她着迷。他温柔体贴，对于她提出的无数个问题，通通耐心解答。

一看时间，才发觉已经差不多晚上十一点了，手机上好几个家里打来的未接电话。

司郁把她送到了门口。

静了两秒，他注视着她问：“你信我？”

戚长璇点点头：“为什么不信？世界之大无奇不有。虽然之前没有遇见过，但不代表以后不会发生。我连外星人的设定都相信了，自然会相信双重人格。”

他一手搭在门框上，半垂着眼帘看着她：“你不害怕吗？”

他不笑的时候，眼神仿佛比白天的他更加冰凉。

戚长璇拍拍胸脯，半开着玩笑：“你说我怕那个坏脾气的他吗？怎么可能？新时代的女性，没那么容易被恶势力打倒。”

司郁喟叹一声，眼底一下子漾出暖意来。

戚长璇反问他：“你为什么愿意告诉我这些？”

“不是你自己发现的吗？这只能说明，我们之间有缘分，你注定要遇见我，我注定要告诉你真相。”

戚长璇看着他真诚温柔的样子，毫不犹豫就相信了他的说辞。

“这是我们之间的秘密。”他笑着跟她作别，“下次见。”

回到家后，戚长璇并没有立即入睡，而是上网搜索了一下关于“双重人格”的资料。

双重人格属于多重人格，而美国精神病大词典对于多重人格的定义是：一个人具有两个相对独特的并相互分开的亚人格，是为双重人格。是一种癔症性的分离性心理障碍。

因为接受新事物而激荡的情绪褪去后，戚长璇心里没来由地一酸，她蓦地想起程逾已自嘲时的眼神——

难怪，他会排斥跟任何人交流。

难怪……他会说自己有病。

他一直很讨厌这样子的自己吧？

身处异乡，身边没有家人朋友，无依无靠。这种感觉，光是想一想都可怕。

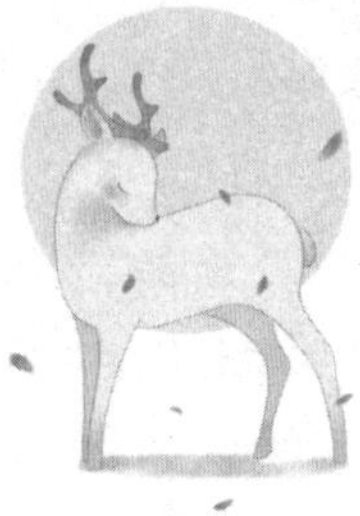

第五章

英 雄 救 美

第二天白天见到程逾巳时，戚长璇瞧他的目光就不由得带了几分怜悯——

多年轻、多帅气一个孩子啊，怎么好端端就人格分裂了呢？

程逾巳倒是和往常没什么差别，仿佛前两天的争执没有发生过一样，把书包丢在脚边，懒散地坐在了椅子上，一副厌倦的样子。

戚长璇把小镜子收起来，摸摸脖子，也装作什么都没发生过。

不论是白天的他，还是夜晚的他，告诉她的事情都太过震撼，关于外星人，关于双重人格，她都需要好好消化消化。

一抬头，她这才注意到自己桌子上摆了一瓶酸奶。

她今天来得很早，班里只寥寥坐着几个晨读的，但每个人桌子上都摆了酸奶。

不知道是谁兴起的风气，只要有人生日，必定请全班同学的客，有时候是喊着一帮人一起去唱k，有时候是直接在教室里发小零食。

魏靖南拎着一个大袋子朝她的方向走了过来，他从袋子里拿出海苔，一个座位一个座位往下发。

发到戚长璇时，戚长璇笑眯眯地接过，问他："今天你生日吗？生日快乐。"

魏靖南不好意思地说："谢谢。"

他又拿了一包出来，正要搁在程逾已的桌子上，程逾已却冷冷丢下一句："我不吃。"

魏靖南的笑容顿时僵在了脸上，结结巴巴说："是……是不爱吃吗？"他又低头翻了翻塑料袋，"我这里还有别的，仙贝可以吗？"

程逾已开始有些不耐烦，停住转笔的动作："都说了我不吃。"

魏靖南有些沮丧，手里攥着的海苔收回来也不是，放下也不是，一时愣怔。

戚长璇转过头，若无其事地接过那袋海苔："把他那份给我吃吧，我爱吃，别浪费了。"她边说边撕开那袋海苔，塞了一块到嘴里，"很好吃，谢谢你。"

程逾已面无表情地盯着戚长璇看了几秒，陡然一笑，收回了目光。

解了围，魏靖南感激地冲戚长璇笑了笑，转过身继续发给其他同学。

其实，戚长璇并不喜欢吃海苔，光是闻到味道就能令她却步。吃了两口后，她趁魏靖南没注意，全部分给了崔笛子吃。

上完早自习后，她嘴里发麻，她喝了两口水，没在意。

没想到第二节课的时候，嘴里的不适感越来越严重，喉头发紧，嗓子里痒得厉害。

她赶紧举手示意老师，老师过来查看了一下，眉头紧拧："这得赶紧去医务室才行。"

老师指了指戚长璇身后："这位同学，陪着去一下。"

被老师指个正着的程逾已抬了抬眼，没说话。

戚长璇正要说不用，他却起了身，把手插进兜里："走吧。"

医务室在教学区后面，走几分钟就能到，程逾已脚步飞快，戚长璇跟在他身后，一前一后保持着一段距离。

她正出着神，程逾已冷不丁停住了脚步。

戚长璇差点撞上他的后背，她不明就里，怕打扰到其他人，捂着嘴小声催促："你停在这里干什么，大家都在上课呢？"

他看着她，微微挑起眉："你怕我？"

戚长璇左顾右盼，下意识地反驳："怎么可能？"

他看穿她的小动作，语气倏地冷下来："那正好。"

他转身继续往前走。

他这个反应，反倒让戚长璇一阵心虚。

她三两步追上他，解释："我真没怕你，你又不是什么凶神恶煞的怪物，我怕你干什么？"

他轻笑一声，反问："我不是吗？"

戚长璇会错意："你要是凶神恶煞，那我岂不是母夜叉了？"

"嗯，那倒是。"

戚长璇："……"

戚长璇海苔过敏了。

医生翻出一个小小的手电筒："怎么这么不小心？"

戚长璇表示委屈，含混不清地说："我也不知道我会对海苔过敏啊，平日里都好好的。"

医生问："你之前吃过海苔？"

戚长璇诚实地答："那倒没有。"

程逾巳站在一旁嗤笑一声："缺心眼。"

戚长璇气呼呼地瞥他："你说谁呢？"

"谁问说谁。"

她朝他做了个鬼脸："反弹！"

检查过后，医生得出结论："喉咙有点肿，不过不是很严重，吃点药就好了。"

她再度充满怨念地看着程逾巳："都是你害的。"

程逾巳一脸事不关己："我可没让你吃。"

戚长璇恨得牙痒痒，只恨自己上次没有咬重一点："还不是为了帮你解围？"

他完全没有领情的意思："没让你帮。"

医生打断了他们俩一来一往的拌嘴："下次去医院做个检查，以后尽量避开过敏的食物。"

戚长璇乖乖点头，不忘恶狠狠地瞪程逾巳一眼。

领了药后，戚长璇不甘心地问："我什么时候能吃辣？"

"等过敏好了。"医生回答。

"那冰的能喝吗？"

"当然不行。"

"所以不冰的都能喝？"

医生看穿她的心思："任何饮料都最好别喝，零食也别吃。"

从没有忌口过的戚长璇艰难地咽口水："饮料加热行不行？"

医生被她问得头疼，揉了揉太阳穴："不行！"

戚长璇生无可恋地叹："完了，我的人生没有意义了。"

回到教室的时候，已经开始上第三节课了。

第三节本该是音乐课，可上个星期音乐老师去外地当评委去了，要下周才会回来，她特意安排大家看电影。

一推开后门，就看到莫鲤、陈斯圆、李畅、左顾他们几个人正围在一块聊天，不知道谁买了包瓜子，几个人正嗑得起劲。

见戚长璇回来了，莫鲤招手示意："医生怎么说？"

戚长璇搬着自己的椅子坐过来，摇摇头："没什么大事，只是有点过敏，不严重的。"

她默默看了眼李畅桌子上的可乐，不甘心地喝了口水。

陈斯圆没和大家一起闲聊，一脸严肃地盯着前方，没头没脑地说了句："也不知道这个世界上到底有没有外星人？"

戚长璇一口水差点喷出来。

她顺着陈斯圆的视线看向投影仪幕布，才注意到此刻正在播放的电影是《阿凡达》。

原来是在讨论电影剧情。

她暗暗松了口气，却不自觉地瞄了程逾巳一眼。他正跟着大家一块看电影，面容平静，没有异常。

陈斯圆还在说："也不知道真正的外星人长什么样子？"

左顾搭话："说不定就是电影里那样，大大的、蓝色的。"

陈斯圆说："电影里的怎么能当真？我倒是觉得，真正的外星人可能跟我们长得差不多。"

戚长璇又偷偷瞄了程逾巳一眼。

程逾巳当然注意到了她频频投来的目光，他侧头扫了她一眼，微眯着眼，隐隐烦躁。

戚长璇赶紧正襟危坐。

他们的小动作被李畅看在眼里，李畅笑嘻嘻吐出瓜子壳，调侃道："班长这是跟谁眉来眼去呢？"

被抓个正着，戚长璇没好气地说："我眼睛抽筋！"

"眼睛抽筋"的戚长璇在接下来的几天里，一直老老实实的，能不吃就不吃，能不说话就不说话。

面对程逾巳时不时的毒舌攻击，她反复安慰自己，不要暴躁，不要跟他一般见识。

好不容易等过敏的症状彻底消失了，戚长璇做的第一件事就是拉着陈斯圆去小卖部买上一大堆零食。

除了辣条、碳酸饮料这些必备零食外，戚长璇最近很爱吃糖，QQ糖、酸Q糖、彩虹糖、棒棒糖、八宝糖、榴梿糖、椰子糖、大白兔奶糖等各种品种口味的糖都买了。

陈斯圆嫌弃地看着她："买这么多糖，也不怕对牙齿不好。"

戚长璇喜滋滋地说："人生就是要及时行乐，管他呢。"

她买了很多，手里一个大袋子，校服口袋还塞得鼓鼓囊囊的。

篮球场被高一年级的男生占满了，他们精力充沛，不放过任何一个课余时间。想要返回教学楼，必须穿过危险重重的篮球场。

篮球不长眼睛，那群男生更是不长眼睛，大大咧咧地经常往人身上砸球。9 班好几个女生被砸过，但往往讨不回公道，只能默默忍受。

陈斯圆恰好碰见自己相熟的初中同学，站在小卖部门口跟人家说话说得停不下来，戚长璇只好一个人先回教室。

刚要离开篮球场，质量不太好的校服口袋就承受不住糖果的重量，开了一个口子，好几颗糖骨碌骨碌掉了出来。

戚长璇心疼，折回去几步低头捡糖，刚要起身，就听见远处陈斯圆急促地喊道："七七小心！"

她话音还未落，戚长璇就感觉到一阵急促的风朝自己刮来。

正打算接受被篮球砸头的命运，一个身影比那球更快，弯腰挡在了她身前，篮球与少年的背脊相触，发出沉闷的一声响。

戚长璇呆了一秒："程逾巳？"

他怎么在这儿？

被球砸了，他也不见疼，而是垂眼不屑地打量她："真蠢。"

见他没有扶自己的意思，戚长璇默默站起来，把感动一收，毫不留情地评价他刚才的行为："犯傻。"

一个真蠢一个犯傻，真是绝配。

陈斯圆匆匆忙忙地跑了过来："七七，你没事吧？"

见戚长璇点点头，她抬头惊讶地看向程逾已，小声感叹："他动作好快啊，刚才不是还在小卖部里买东西吗？"

戚长璇这才注意到他右手里的矿泉水。

那砸球的男生朝他们挥挥手，嬉皮笑脸道："抱歉啊，麻烦把球丢过来。"

另外几个男生不知天高地厚地跟着哄笑。

程逾已冷了脸。

戚长璇慢吞吞地把球捡起来："要球啊？"

她作势要丢给那个男生，手虚晃了一下，做了个假动作，朝另一个方向扔了过去。

随着"哎哟"一声，篮球正中篮球场里其中一个哄笑的男生身上。

她拍掉手上的灰尘，表情冷淡："自己捡呗。"

"那个男生叫林崇。"陈斯圆给戚长璇"科普"，"就是差点砸到你的那个，是高一年级的，长得蛮帅的，就是成绩不怎么样，一帮人挺闹腾的。"

戚长璇满不在乎道："我管他叫什么。"

陈斯圆笑嘻嘻："可他有在打听你哦。"

“打听我？”戚长璇皱起眉，装傻，“打听我干什么？是想赔礼道歉吗？我可不接受。”

陈斯圆翻个大白眼：“算了，我不跟你说。”

她不说，戚长璇也明白是什么意思。

陈斯圆转移了话题：“程逾已好像很关心你呢。”

戚长璇古怪地看着她：“你为什么会这么想？”

“你差点被砸到的时候，不是他过来保护你的吗？”陈斯圆一脸憧憬，“英雄救美哎，好浪漫。”

“浪漫？”

戚长璇想了想他那副神态，正色道：“你确定他不是特意过来嘲讽我的？他不气死我，我就已经很感激了。”

陈斯圆一噎，好像也是。

说是这么说，戚长璇却忍不住低头偷笑。

没几天，那个叫林崇的男生就找到了9班门口来。

9班的男生可不是吃素的，听陈斯圆添油加醋讲述了事情经过后，把林崇拦在走廊上，半步也靠近不了。

林崇人没再来了，但不知道从哪里要来了戚长璇的号码，进行短信轰炸，各种甜言蜜语、土味情话，成了戚长璇这帮人最近的快乐源泉。见她从不回短信，他干脆在课余时间一个电话打过来，拉黑一个号码，他很快就会换另一个号码打过来，戚长璇不胜其烦。

下课铃刚一响起，戚长璇的手机也准时响了起来。

她烦了几秒，突然想到什么，眼睛一亮，把手机往身后一递。

程逾巳抬眼问："干什么？"

她语气讨好道："帮我接个电话呗。"

林崇头一回打通戚长璇的电话，语气激动道："是戚长璇学姐吗？我是高一年级的林崇啊，就是那个……"

程逾巳丧失耐心，打断了他："谁？"

那头的人明显被这个男声唬住了，半晌没说话。

戚长璇笑眯眯地趴在他桌子上看着他的表情。

那头林崇同学有些着急："你……你是哪位？"

程逾巳很轻地撇了下嘴，手指轻轻地在桌面上叩击，懒懒散散地说："你说我哪位？"

很有骨气的林崇同学还是不肯放弃："我找戚长璇，高二(9)班的戚长璇。"

程逾巳扫了戚长璇一眼，看样子是打算把手机还给她。戚长璇赶紧毕恭毕敬地把他有些凌乱的桌面收拾好，一边收拾一边望着他笑，狗腿得不得了。

程逾巳勾唇一笑，慢条斯理地说："你说那个打游戏很烂、把课桌踩坏、差点被球砸到的戚长璇？"

戚长璇："？"

林崇没想到他会这么说，半晌反应不过来："啊？对对对，就是那个戚长璇。"

他微微挑眉："你喜欢她什么？长相，还是性格？"说着，他眼神变得有些嫌弃。

戚长璇黑了脸，他在胡说八道什么？

林崇有些支吾："不是……我就是想……想跟学姐道个歉。"

程逾白目光落在窗外，望着窗外来来往往的人，语气缓和了些："道歉？"

林崇忙不迭道："对对对，道歉道歉。"

程逾白笑了，在林崇觉得大有希望的时候，他低声冷嗤了一声："你也配？"

不等林崇反应，他直接挂了电话。

程逾白再不挂电话，戚长璇都想把手机拿回来了。

她摊开手，程逾白却并没有把手机递给她的意思，而是若有所思地盯着手机看了两秒。

"学校有规定好像不准带手机吧？"

戚长璇愣了愣，她倒是忘了这茬，带手机已经成了习惯。

班里偷偷摸摸带手机的人并不是少数，运气好的话，一整个学期都不会被发现。

程逾巳目光落在前门，突然把手机塞进了口袋里，似笑非笑地说："你说，要是老马发现了会怎样？"

戚长璇被他的笑容晃花了眼，下一秒又突然感觉一阵毛骨悚然，意识到了什么。

果然，随着他刚落的话音，身后便传来一阵急促的脚步声——

"程逾巳！"

她一扭头就见老马黑着脸冲过来："把手机交出来！"

程逾巳一脸轻松，真的老老实实地把手机交了出来。

老马恨铁不成钢道："学校有规定，不许带手机来，你不知道吗？"

程逾巳垂着头没有解释什么，任由他批评。

"手机我先收走了，等寒假的时候再还给你。"

老马严肃地在教室里环顾一圈，大声叮咛："你们都记住了，别以为我没发现就万事大吉了。"

两人看着老马拿着她的手机潇洒离开的背影。

戚长璇："……"

程逾巳："……"

戚长璇是目瞪口呆，惊得说不出话来。

程逾巳是无话可说。

呆了几秒，戚长璇悲伤地扶额，欲哭无泪。

老马罚程逾白抄班规一百遍。

戚长璇本来气程逾白害自己手机被缴，但看他把责任全部包揽，心里又有些过意不去。要是他当场把手机还给自己，那罚抄的人应该就是自己了。

她便默默拿了纸笔和他一起抄。

抄着抄着，她忍不住扭头小声问："哎，你不是外星人吗？就不能打个响指或怎样，一下子抄完一百遍？"

程逾白懒得理她。

戚长璇"嘁"一声，甩甩手埋头接着抄。没抄几分钟，她又扭头问："那怎么没见你提前预知到老马来教室突击检查？

"你会飞吗？

"你会隐身吗？

"你不吃我们的食物怎么活？"

他终于不耐烦，用看智障的眼神看她一眼："你电视剧、电影看多了吧？"

行吧，看来他没有特异功能。

戚长璇遗憾道："可惜了。"

自习课下课铃响起，戚长璇塞了一颗糖到嘴里，然后把自己抄好的递给他："拿着。"

程逾白漫不经心地翻开本子，这才发现她密密麻麻地替他抄了五十遍。

他目光微微一凝。

戚长璇伸了个懒腰："害我抄了一整节自习课，累死我了。"一顿，她扬扬得意，"看我模仿你的字迹模仿得多像。"

他合上本子，淡淡问了一句："你这么闲？"

戚长璇心如止水，不跟他置气："看不出来吗？我天生乐于助人。"

走去后排丢垃圾的左顾正好听到这话，眼睛一亮："我今天被老师罚抄英语课文，也助助我呗。"

"想得美。"

左顾悻悻道："不助就不助。"

程逾巳指了指她抄的其中一条："这条写的什么？"

班规第五条，不许相互抄袭包庇。

戚长璇理直气壮道："我这哪儿叫抄袭包庇了？一，这是照本罚抄；二，我要是真包庇，就该帮着你在老马那儿蒙混过关，而不是帮你抄。"

这句话刚说完，正好数学课代表刚从老师办公室出来，他把一大摞习题册搁在讲台上，冲戚长璇喊话："对了，班长，刚才班主任让我告诉你，程逾巳的罚抄直接交给你检查就行。"

戚长璇傻眼，"啊"了一声

数学课代表说："你正好坐他前面，检查起来也方便。"

她瞬间愁眉苦脸的，哪有自己罚抄自己检查的？

程逾已目光凉凉："活该。"

下一秒，他眼尾隐隐带着笑。

戚长璇深吸一口气，忽然想起《武林外传》里的一句台词：

世界如此美好，我却如此暴躁，这样不好，不好。

周一早上照例是升旗仪式。

校长在国旗台上讲得慷慨激昂，台下的学生却在开小差。

几个外班的女生不时打量着莫鲤，小声交谈。

注意到她们的视线，戚长璇狐疑地扭头："有人在看你。"

"我知道。"

从那日扫大街开始，学校里小范围地传起了宿淮的绯闻，说他正在追一个同年级的女生。

本来没有多少人信，但宿淮似乎没有阻止绯闻蔓延的意思，好像是默认了。

莫鲤有时候在去厕所的路上碰见宿淮，周围人要么偷偷打量他们，要么窃笑不停。

班里几个八卦先锋，也时不时把暧昧的目光投向莫鲤，她再傻也该明白了，自己与绯闻男主角脱不了干系。

莫鲤满不在乎道："随她们便。"关于她的传闻多了去了，多一个不多，少一个不少。

说是这么说，但这天晚自习，她还是大剌剌翘课溜了出来。

1 班教室很安静，宿淮正在黑板上写板书。他字迹工整流畅，一会儿工夫就写满了半面黑板。

“宿淮，你给我出来！”

1 班教室前门一抖，宿淮手里的粉笔也微微一抖。

被人这么不客气地喊，他镇定自若地笑了笑，居然真的搁下粉笔转身走出了教室。

他刚一出去，班里就窃窃私语讨论起来。那个喊他出去的人，是莫鲤。

莫鲤拉着宿淮径直上了五楼。

这是她自来到启风学校以来，头一回主动找他。

教学楼一共就五层楼，一到四层分布着各个理科班，五楼却是空置着，教室里空荡荡的，连灯也没有装。除了胆子大的人，没人敢往这里来。

是最危险的地方，也是最安全的地方。

莫鲤双手抱胸，开门见山：“你知不知道最近的传闻？”

宿淮看着她狐狸一样警惕的眼，微微一笑：“什么传闻？”

莫鲤笑了一声，毫不避讳地说：“说你在追我。”

宿淮没有否认，定定看着她：“是有这么回事。”

他干脆承认知道这件事，反而让莫鲤有些意外：“知道你还不澄清一下，也不怕别人误会。”

“误会什么？”他走近一步，挑明，“误会我喜欢你？”

所有人眼中的好学生宿淮，肆无忌惮地说着校园里禁忌的话题。

莫鲤梗着脖子，第一次觉得有些无所适从。她换了一副威胁的口吻：“总之，你也不希望和我牵扯到一起吧？所以最好快点撇干净，听到没有？”

“是我传出去的。”他打断她。

莫鲤一愣，觉得不可思议：“你疯了吗？”

“莫鲤，我喜欢你，你心里一直很清楚。”他语速缓慢。

莫鲤一怔。

静默了片刻，莫鲤低低自嘲地笑：“我不是傻子。”

晚上温度有些低，她打了个寒战，低头拢了拢校服，生硬地说：“我走了。”

宿淮拦了她一下，低声问：“你的回答？”

莫鲤牙关紧咬，甩开他的手，骂道：“神经病。”

宿淮没再拦她，看着她的背影消失在楼梯间，他笑了笑：“对，我是神经病。”

莫鲤回教室的时候正好碰上巡查的老师，挨了一顿训不说，被罚在操场跑二十圈。

二十圈没那么容易跑，她跑了两圈就没力气了，便开始慢吞吞地走。

下课铃响起，不少同学在走廊上吹风闲聊，一眼就看到操场上的莫鲤。

议论之余，有跟宿淮相熟的同学神秘兮兮地喊他出来看："你的绯闻女主角怎么又被老师罚了？"

宿淮看了一会儿抿了下唇没说话，转身走进了教室。

喊他出来看的那个同学有些摸不着头脑——这是吵架了？

第二节晚自习的时候，宿淮不见了人影，班主任想喊他去办公室，却也找不着人，直到晚自习过半他才出现。

守在门口的班主任问他："你去哪儿了？"

宿淮平静地答："厕所。"

班主任对这种出类拔萃的学生向来很是宽容："身体不舒服也该提前打个招呼，要不要去医院看看？"

宿淮摇了摇头，抬眼看着班主任："我翘了晚自习，愿意罚跑二十圈。"

老师一噎，当着大家的面，也不好真的轻轻松松放过他，只好一挥手："去吧。"

在走到第十五圈的时候，莫鲤身后多了一阵脚步声。

很快，一个身影就不紧不慢跟在了她身旁。

莫鲤目不斜视，加快脚步跟他保持距离。她快他也快，始终紧紧跟在她身旁。

莫鲤不自在道："能不能别跟着我？"

宿淮说："是老师罚我跑二十圈。"

莫鲤一时无言，她不禁想，他的脸皮越来越厚了。

本以为他会主动跟她说话，没想到几圈下来，他一直沉默，除了刚才那句解释外，一句话也没有说，她反倒有些不习惯。

不多不少，二十圈跑完后，莫鲤准备走人了。

宿淮还差十五圈，他目送莫鲤离开，依然没说话。

几分钟后，他身后忽然又有脚步声响起，他惊讶地回头。

莫鲤呼吸有些喘，她把一瓶水往宿淮怀里一塞，然后头也不回地走了。

宿淮停住脚步，终于开口："莫鲤。"

莫鲤停住脚步。

宿淮擦了把额头上冒出来的汗，微微一笑："我是认真的。"

莫鲤加快了脚步。

第二节晚自习下课后，各个班走廊外依然是之前那些人，他们惊讶地看着操场上跑圈的换了人——

“这都什么跟什么啊，绯闻男女主搞接力跑啊？”

左顾最近跟外班的一个女生关系不错，经常一下课就不见了人影。独留他的同桌魏靖南一个人唉声叹气，跟大家一起聊天的时候，还老是走神，失魂落魄的。

他这副伤情的样子被戚长璇看在眼里，她寻思着找个机会好好质问一下左顾，为什么伤了魏靖南的心？

这天下了课后，左顾又打算溜出去，被戚长璇抓个正着。她揪着他站到魏靖南面前：“来，好好解释解释！”

“解释什么？”左顾问。

魏靖南也困惑地问：“解释什么？”

“你做了什么对不起他的事情？亏得魏靖南同学对你一往情深，别欺负人家。”

两人异口同声：“一往情深？”

左顾和魏靖南大眼瞪小眼。

左顾做了一个呕吐的动作，魏靖南也脸红一阵白一阵的。

“不是啊，班长你误会了。”魏靖南指着左顾哆哆嗦嗦地控诉，“是他拿着我写的小说去讨好那个外班的妹子，哄骗那个妹子，说是他写的。”

左顾嘿嘿一笑，不好意思地挠挠头。

戚长璇一愣，扑哧笑出声来："魏靖南你写小说啊？什么类型的？"

魏靖南回避这个问题，满脸哀怨地看着始作俑者左顾："快把我的署名权还给我！"

左顾凑到戚长璇耳边："就是些情情爱爱的小说，真别说，还挺好看的。"

魏靖南急了："左顾，你别胡说八道！"

几个人正吵闹着，门外传来一声清脆的女声："左顾！"

左顾一扭头，忙不迭应声，从戚长璇爪子下脱身而出："我有事，先出去了哈。"

那个女生不爽地看了戚长璇一会儿，不情不愿地跟着左顾走开了。

坐一组最后一个位置的程逾已隐隐听到他们的说话声。

"那女的是谁？"

左顾没注意她的话里带刺，笑呵呵说："我的青梅竹马。"

"青梅竹马"四个字让那个女生更加不舒服："那肯定关系很好咯？"

"主要是我爸妈很喜欢她……"

……

放学铃声刚刚响起，戚长璇便搁下笔站了起来。

她动作迅速地从抽屉里摸出校卡挂在脖子上，给不远处的莫鲤递了个眼神。

莫鲤心领神会，也跟着起身。

铃声还没结束，两人就以百米冲刺的速度跑没影了。

李畅莫名其妙道："她们俩去哪儿？"

左顾见怪不怪了，慢吞吞地收拾桌子："还能去哪儿，当然是网吧。"

第八节课下课到上晚自习中间有一个小时零五分的晚餐休息时间，戚长璇这两天在网上约架，忙着去大杀四方。

一盘游戏结束，戚长璇心满意足地起身准备去上课了。

莫鲤心情烦躁得很，不想去上晚自习，戚长璇便自己一个人走出了网吧。

刚一出来，便看到程逾巳单手拎着书包站在马路边，好像在等人。

她一眼就认出了他的黑色兜帽，偷偷摸摸地溜到他背后，正要吓他，他却懒洋洋先开了口："你无不无聊？"

戚长璇讪笑道："没意思。"

她站在他旁边，前看看后看看，左看看右看看："你在等谁呀？不会是等我吧？"

"没等谁。"他说。

"那怎么这么晚了，你还不回家？"

她可一直记着，他从来不上晚自习的，估计也是怕暴露自己的另一重人格。

她觉得很奇怪，一重在明，一重在暗，为什么毒舌冷淡的他属于白天，而温柔体贴的他却只能待在黑夜呢？

程逾巳不咸不淡的一句话打断了她的出神：“还有五分钟上课。”

“糟糕！”玩得太开心，忘了时间，她跟他作别，“我先走了。”

学校和网吧之间有条小路，她驾轻就熟地往里走，他居然不紧不慢地跟在她身后。

戚长璇觉得奇怪：“你今天是打算上晚自习吗？”

程逾巳没说话，冷冷地看着前方，顿住了脚步。

前面三个流里流气的小混混拦在了他们身前。

她对他们很眼熟，职高没毕业就出来混了，进了几次派出所，以前戚长璇和朋友们与他们发生过几次冲突。

但他们不见得对她眼熟。

以前在市三中横行的时候，她每次都躲在一群人背后指挥。大家都叫她小名七七，她也没大胆到直接用全名。

戚长璇立马退开，与程逾巳隔着有三米远，心里默念着，找麻烦千万别殃及无辜。

没想到那三个小混混看都没看程逾巳，摆明了就是冲她来的。

三个小混混对视一眼，拦住了他们的去路。

其中一个领头的吊儿郎当地抬了抬下巴：“高二(9)班戚长璇？”

戚长璇摇头，面不改色继续往前走：“我不是，你们认错人了。”

他们三个对视一眼：“不可能，明明和贴吧上的照片一模一样。”

戚长璇暗咒一声，见旁边的程逾巳无动于衷，似乎没有帮忙的意思，只好露出了笑脸：“三位大哥是有什么事吗？”

大丈夫能屈能伸，她虽然伸习惯了，但偶尔屈一次也无伤大雅。

见她干脆，他们也不为难：“识相就好，只要你懂事点，离……”

话还没说完，“砰”的一声响。

程逾巳把书包丢在了地上，一脚踢开他们，半个身子挡在了戚长璇面前。

有人撑腰，戚长璇气势顿时高涨，她从程逾巳背后探出头来：“离什么？你是想让我离谁远一点，你倒是说啊？”

领头那个轻哼，不屑地看着程逾巳：“别多管闲事。”

程逾巳转动了一下脖子，嫌帽子碍事，一把扯了下来，眼神森冷：“要打就打，少废话。”

不过两分钟，那三个混混就哀号着躺在了地上。

戚长璇第一次亲身参与打架，落井下石悄悄凑过去踹了其中一个一脚。

没想到得不偿失，正好踹到那人身上的一块硬骨头，她龇牙咧嘴，单脚跳着直呼痛。

程逾巳不耐烦看她滑稽的样子，不由分说地让她上了自己的背，让她替自己拎着书包。

左右已经迟到了，戚长璇不急着赶回学校了，琢磨着请个假，就说受伤了。

她一恍神，脑海里冒出一个诡异荒谬的念头：为什么每次自己有危险，他都能提前预知到，然后出来保护她？

趴在程逾已后背上，戚长璇说："等会儿把我放在十字路口就行了，我可以打车回去。"

"嗯。"

"你等会儿怎么回去？"

"走路。"

"走路？花萝街那边不是挺远的吗？"

他脚步一停，瞬间变了脸色："你去过我家？"

说漏嘴了，戚长璇下意识要矢口否认，但看到他的表情，又忍不住心软承认了："啊……好像是有这么一回事。"

见他反应不对，她急急忙忙地解释："第一次是你一直不来学校，老马让我去辅导辅导你。"

"所以还有第二次？"

戚长璇支支吾吾："好像是吧。"

他语气很冷："我不是说过让你离我远一点吗？"

听出他的怒气，戚长璇搂紧他的脖子，牢牢挂在他身上，生怕他恼怒之下把自己丢下来，摔个屁股蹲儿就不好了。

程逾巳："放开。"

“你保证不丢下我！”

“……”

“你保证！”

他真的对这种无赖无可奈何了：“我保证。”

“我知道你什么意思。”戚长璇说，“我见过另一个你。”

程逾巳眼神变得神秘莫测，他语带嘲讽：“敢一个人大晚上去我家，胆子可真大，你就不怕我做出什么不好的事？”

“什么不好的事？”

“什么不好的事？”他笑了，倏地侧过头，“我可不确定我会做什么。”

戚长璇推开他的脸，两条腿晃来晃去，完全没把他的威胁当回事：“还不是因为我信任你。”

程逾巳根本没料到她会这么说，愣了愣，罕见地没有继续讽刺她。

静了半晌，他表情缓和，抿唇轻笑：“白痴。”

戚长璇脸一热，她也被自己刚才的话吓了一跳，她强作镇定地清了清嗓子，怼他：“他可比你脾气好多了。”

程逾巳冷哼一声。

戚长璇变本加厉道：“还比你聪明，比你体贴。”

他微微眯起眼：“说完没有？”

“没有，他还特别耐心，跟我说了很多关于你们星球的事情。”

程逾巳冷笑一声："只可惜世界没有另一个温柔、大方、聪慧的你。"

戚长璇脸皮厚："你说什么呢，温柔、大方、聪慧，我就是这样的性格啊。"

"总之，别再去找我了。"他说。

"哦……但是为什么啊？"

他没说话。

"喂，程逾巳。"

沉默了一会儿，他不耐烦地应："说。"

"说起来我一直想问，你身上很凉哎。"

她哆嗦了一下，感觉自己抱着一块冰块，兀自喃喃一句："今天天气还挺冷的。"

不过片刻，原本冰冷的身体开始发热。

他烦躁地说："好点没？"

戚长璇笑嘻嘻："看来你还挺善解人意的。"

他轻嗤："真冻死你了，我可不想负责。"

戚长璇不理他，免得他老是不识趣地破坏气氛。

这一刻，他的身体非常烫。

一下子烫进了她心里。

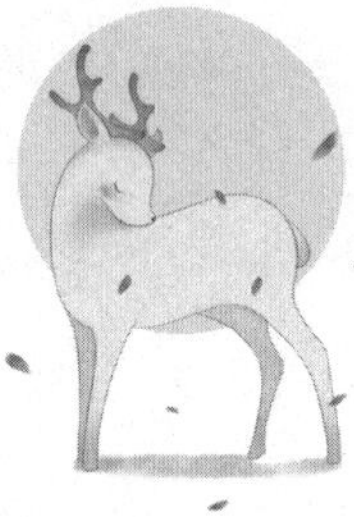

第六章

你不会……是喜欢我吧?

戚长璇的外公李围林年轻的时候是省里的干部，行事雷厉风行，很有威望。他手下管着不少人，任谁见他都是服服帖帖的。

虽然他现在退休很多年了，但习惯改不了，还是一身的领导风范。

戚长璇从小就调皮喜欢惹事，不比爸妈宠着她，每年去看望外公外婆的时候，她都免不了要听外公一顿教育，所以，她最怕的人就是外公。

当戚长璇从老马口中听说很久不见的外公火急火燎来学校了，此刻正在办公室等她时，她就知道，完了，惹大麻烦了。

李围林是为前两天她被小混混欺负这事来的。

戚长璇在事发当晚给身在国外的父母打电话，半委屈半撒娇地说起了这件事，没说得太严重，只说对方没讨着好就跑了，因此成功得到了爸爸打来的一笔压惊费。但不知道怎的，这事居然传到外公他老人家耳朵里去了。外孙女受到欺负，在外公眼里自然不是小事，他说什么也要讨个公道回来。

果然，一走到办公室门口，就看到李围林吹胡子瞪眼地看着她，身体硬朗、精神矍铄。

办公室里陪坐着两个不常见的校领导，个个对李围林笑容满面、恭恭敬敬的。

李围林朝戚长璇挥挥手："长璇，过来。"

戚长璇跑过去给外公捶背："外公，这么久不见，您越来越年轻帅气了，我都差点认不出来了。"

李围林面对她的糖衣炮弹不为所动："快站过来给我看看。"

左看右看，确认她还是和平常没什么两样，他这才松了口气。

老马问："长璇啊，你知道找你麻烦的都是些什么人吗？"

戚长璇装傻充愣，摇摇头。

李围林眉头一竖："她怎么会知道？"

戚长璇乖觉地没说话。

她是什么人？骨子里蔫坏蔫坏的，自然不可能认这个栽、吃这个亏，退一万步说，就算她认栽，莫鲤也不可能就这样算了。

早在李围林过来算账之前，戚长璇就先一步找人教训了那三个小混混一顿，从他们口中知道了幕后主使，自然明白了其中的弯弯绕绕，也理清楚了，是左顾的桃花给她惹的麻烦。

左顾知道后，也觉得不好意思，不仅断了和那个女生的来往，还整日里为她端茶送水，对她嘘寒问暖的，生怕她告状到自己的父母那儿。

她可不敢跟外公说，那女生被莫鲤威胁了一番后，吓得装病不敢来学校了。

李围林慢吞吞地喝了口老马亲手为他泡的普洱茶，细细品味了一番，这才不急不缓地开口："惹事的人呢？怎么还没来？"

老马下意识地站直了身板："刚问了他们班班主任，说是那个女生生病了，今天没来学校……"

李围林面上不动声色："怎么，联系不到学生，还联系不到家长吗？"

一听要叫人家家长，戚长璇心里"咯噔"一下："外公，就是一点小事，我又没受伤，犯不着这么兴师动众吧？"

李围林瞪了她一眼。

这臭丫头，帮她出口气，她反倒胳膊肘往外拐。

"怎么不严重了？上学路上都能遭到围堵，严重点说，学校也有责任，要是你真有个三长两短，让你爸妈、让你外婆怎么办？"

见李围林不好糊弄，戚长璇简直一个头两个大："外公，我真没事，要是您闹这么大，让我以后怎么跟别的同学相处啊？”

李围林目光落到戚长璇的脚上：“不是跟你爸妈说脚崴了吗？这还叫没事？”

戚长璇甩甩腿：“真没事！早好了！”她转了个身蹦跶了两下，撒娇道，“您看，身体倍棒，吃嘛嘛香！”

程逾巳一走进办公室正好看到她这副滑稽夸张的模样，四目相对，他微微一顿，不着痕迹地扬了扬嘴角。

戚长璇一窘，动作僵住，她赶紧转过身去。

余光看到程逾巳把罚抄完的数学作业往老马桌子上一放就出去了。

李围林终于松了口：“那这样，让那个惹事的女生转学，离开启风学校，这事就算了。”

戚长璇回过神，欣喜地喊：“外公，你真好！”

……

戚长璇擦了把额头上不存在的虚汗，暗自庆幸自己总算过了外公那关，一走出办公室就看到程逾巳的背影。

她三两步追上他，凶巴巴低声威胁他：“哎，不许把刚才的事说出去。”

程逾巳声音懒懒的：“什么事？”

“还能有什么事？”

要是班里人知道她连蹦带跳还撒着娇——她忍不住一阵恶寒，自己作为班长的一世英名就毁了。

她搓搓手，轻哼一声："你别装，我刚才看到你在偷笑了。"

他否认得很快："没有。"

"哪里没有，我就是看到你偷笑了。"

他轻飘飘地瞟她一眼："我明明是光明正大地笑。"

戚长璇一时语塞，半晌才骂："厚颜无耻！"

"彼此彼此。"

接下来的化学实验课上，戚长璇一直望着讲台上的试管发呆。

她左思右想，怎么想都觉得程逾已那天站在网吧门口，分明就是在等自己，可他为什么要等自己？难不成他真未卜先知，知道自己会有危险？

她思绪游离，连老师点了她的名字，她都不知道。

"戚长璇！"

老师喊到第三遍时，戚长璇终于察觉到旁边崔笛子使得快要抽搐的眼色。

她一个激灵站起身，动作大得身后的程逾已也忍不住抬了抬眼。

"戚长璇，你上来和老师一起演示这个实验。"化学老师说。

几分钟后，她在化学老师赞许的目光中走回自己的座位。

崔笛子忍不住夸道："七七你好厉害，没听课都能帮助老师完成实验。”

戚长璇说：“你每次上课前做好预习，也能做到我这样。”

正说着话，前头忽然传来一声爆炸声，化学老师安置在酒精灯上的试管加热过度，突然爆开了。液体差点溅到化学老师的眼睛，坐得近的前排几个同学也吓了一大跳。

教室里一时之间炸开了锅，戚长璇关心化学老师的安危，急得站起身，打算过去看看情况。

刚一迈开步子，衣领便被身后人一揪，她被这股力道拉得重新坐回了座位上。

程逾巳懒洋洋地说：“你老凑什么热闹。”

“这怎么叫凑热闹？”戚长璇扭过头，皱紧眉头，“你为什么不提前提醒老师，让她小心一点，你不是能预知危险的吗？”

他难得惊诧，眯了眯眼：“我能什么？”

小小的意外并没有让这堂课中断太久，液体无毒没有腐蚀性，化学老师去卫生间洗了个手便回来继续上课了。

戚长璇还在纠结这个问题，趁老师板书时，她扭头问：“你真的没有预知能力？”

他不耐烦地扯了扯嘴角：“当然没有。”

戚长璇还是半信半疑：“我很好奇，怎么每次在我遇到危险的时候，你都会突然出现？一次是意外，两次三次都是意外吗？”说完一顿，她促狭地笑，“哎，程逾巳，你不会……是喜欢我吧？”

这句话轻轻柔柔地落到他的耳畔，两个人都没说话。

程逾巳手里乱涂乱画的自动铅笔一停，他慢悠悠抬眼盯着戚长璇的眼睛。

两个人隔得很近，她忽闪忽闪的眼睫毛仿佛可以触到他的鼻尖。

他不说话，搞得戚长璇有些紧张，桌子下的手紧攥成拳，想不明白自己怎么会把这句话脱口而出。

“喜欢你？”他一字一顿地问。

静了两秒后，程逾巳轻声嗤笑，他拿笔头敲了一下戚长璇的鼻子，满脸嫌弃，语带嘲讽：“你脑子里成天在胡思乱想什么？”

戚长璇气哼哼地捂住鼻子：“嘁，当我没说。”

程逾巳没再说话了。

等戚长璇转过身子，隔了很久，他才低低自嘲地笑了一声：“我也很好奇。”

中午放了学，戚长璇刚一踏出校门，便见外公的车在校门口等。

戚长璇跟莫鲤、陈斯圆打了声招呼，就上了车。

上了车还没坐稳，李围林就拧住了她的耳朵：“你说，你把人家怎么样了？”

刚才当着外人的面，即便看出了戚长璇的不对劲，他也不好直接拂戚长璇的面子，现在没有外人了，他厉声训斥：“戚长璇，胆子越来越大了啊！”

戚长璇龇牙咧嘴道：“哎哎哎，外公，疼。”

“疼？你还知道疼？”

说是这么说，李围林还是松了手。

戚长璇揉揉耳朵，仗着李围林心疼她，得寸进尺：“我胆子大又不是一天两天了，您外孙女我怎么可能让自己吃亏嘛？”

“所以就连招呼都不跟大人打一声，自己找过去了？”

戚长璇眨巴眨巴眼睛，一脸心虚。

“你这性子，就该吃几回苦，碰几回壁。”

戚长璇低着头任由他训斥：“外公说得对，都是我的错。”

看她这副委屈卖乖的样子，李围林就更来气，索性转移了话题：“最近考试怎么样？”

戚长璇眉头一扬，带着点小嘚瑟：“哎呀，还不是和往常一样。”

“第 ？”

戚长璇点点头：“从小到大回回都是第一，当久了，可真没意思。”

李围林作势又要来揪她的耳朵：“胡说八道！”

戚长璇往后一躲，笑眯眯地说：“好外公，您辛辛苦苦这么远来启风，肯定饿了吧？不如我带您去一家特别好吃的饭店吃饭！我点菜，您买单！怎么样？”

李围林无可奈何道：“你呀！”

其实戚长璇漏了句话没说，最近这次月考，她其实只得了半个第一。

开学的时候，就听陈斯圆说宿淮成绩好，那时她还不以为然。没想到几次考试下来，她和宿淮的成绩一直咬得很紧，要么她高两分，要么宿淮高两分。

再加上这回两人又是并列第一，差距始终没有拉开，实打实地让她有了危机感。

午自习过后，她和宿淮就被叫去了年级主任的办公室。除了照例问学习方面的问题外，主任安排他们和几个高二年级的优等生组成学霸队，在即将到来的元旦会演上表演一个节目。

这次元旦会演学校很重视，作为启风学校首个大型艺术活动，学校还邀请了市领导以及各个学校的老师过来观摩。

戚长璇实在不明白，自己这种毫无艺术细胞的人为什么会入选，可主任给的理由是，要在全市领导们面前展示出启风学霸们的风采。他们不仅仅只会死读书，还多才多艺的。

多才多艺？

戚长璇默默在心里吐槽，自己的确不是只会死读书，自己还会打游戏啊，打游戏打得好算多才多艺吗？

那么请问，她可以在台上表演一个五杀吗？

第八节自习课的时候，戚长璇找了间空置的教室，大家一起开会，思考出个什么节目好。

在座的各位，都是学霸，但时间紧、任务重，平日里只与书本为伍的好学生们面面相觑，根本想不出好主意来。

别出心裁怕是做不到了，能中规中矩不出错就谢天谢地了。

戚长璇绞尽脑汁，试探地问：“要不唱歌，搞大合唱？《保卫黄河》？”

学霸一为难：“我五音不全。”

学霸二更为难：“我一唱歌就紧张想吐。”

“要不跳舞？”戚长璇问。

不过，不等大家反对，她自己就摇了摇头：“不行，不行，难度太高，跳不好观众可能会觉得‘辣眼睛’。”

在座的各位大部分是男生，训练起来太麻烦了。

“舞台剧呢？”她又问，“莎士比亚？”

“我们没这么多时间排练吧？就快要期末考了。”

这不行那不行，戚长璇实在没主意了：“那说相声，相声总简单吧？只要说话就行。”

学霸三笑了：“这个我会，我从小就喜欢听相声！”

说着，他便来了一段1995年春晚的《最差先生》：“明理的妈妈，您当初给我岳飞哥刺了四个字——‘精忠报国’。你不能偏心眼，也给我刺四个字吧，‘妇女之友’。”

说完，他自己哈哈大笑起来。

戚长璇：“……”

他一板一眼，像是在背书。

戚长璇干笑一声，打消了这个念头："或者，你们会什么才艺吗？弹钢琴、拉小提琴？古筝、二胡、唢呐，什么都行啊。"

大家都很沉默，让他们唱歌跳舞表演节目，还不如解数学题来得轻松。

戚长璇泄气了。

一直没说话的宿淮说："不如我来弹钢琴，你们诗朗诵？"

戚长璇忙不迭点头："你会弹钢琴？诗朗诵当然可以。"

大家都点头，一致同意。

宿淮为难地说："但光我一个人弹琴的话，有点单调，最好有一个伴舞。"

所有人都看向了主心骨戚长璇，戚长璇赶紧摆摆手："我可不行，群舞还能勉强蒙混过关，独舞肯定会给咱们启风丢脸的。"

宿淮扫了戚长璇一眼，微微一笑："之前没说不能请外援，咱们应该可以找人帮忙。"

"找人帮忙？"

"嗯，最好是有芭蕾功底的。"

被他一句有意无意的话点醒，戚长璇眼睛一亮，心里有了人选。

会开完，定好主题，大家解散，各回各班。

戚长璇和宿淮是最后走出教室的。

戚长璇是因为磨磨蹭蹭，宿淮则是因为习惯性最后一个离开，关灯、锁门做收尾工作。

他锁门的时候，戚长璇瞅了他半天，凑到他身旁站定，问出早早准备好的问题："宿淮，你和我们班程逾已关系很好，是吧？"

宿淮点头。

"你们是怎么认识的？"

宿淮把钥匙抽出来，看了她一眼，笑容淡了淡："忘记了。"

戚长璇并不在意他的有意回避，接着问："既然你们很熟，那你知道他身上发生的事情吗？关于……他的家乡，以及两个他。"

她没说得太清楚，不知情的人肯定不明白她的意思，宿淮却微微变了脸色，他压低声音问："你想问什么？"

他果然知情。

"我想知道，他一直都是这样吗？他为什么会变成这样？"

宿淮低头收好钥匙："你怎么不直接去问他？"

戚长璇有些支吾："你不是不知道他的性格古怪，又怎么可能说这些？"

宿淮眼底的警惕微微消散，他好笑道："你很关心他？"

戚长璇下意识地想反驳，眼珠子一转，还是应了下来："对呀，我当然关心他，不瞒你说，在班上，他跟我关系最好。"

"是吗？"

戚长璇信誓旦旦道："是啊。"

回复完，她才发现有什么不对，刚才那话分明不是宿淮问的。一扭头，她便被神出鬼没不知道什么时候站在她身后的程逾巳吓得差点魂飞魄散。

“你怎么在这儿？”

“老马让我来找你。”他简明扼要地问。

他又望向宿淮：“说我闲话？”然后似笑非笑地看着戚长璇。

看得戚长璇心里发毛，什么都没问到，反倒被抓包了。

宿淮笑着拍拍程逾巳的肩膀，走远了。

程逾巳盯着戚长璇问：“我和你关系好？”

戚长璇尴尬地笑了笑，答：“我说错了吗？你和班上大部分人恐怕一句话都没说过吧？”

这个答案他不满意，步步相逼：“我和你关系很好？”

戚长璇只得硬着头皮继续说：“我们是前后桌嘛，而且老马在开学之初就安排我辅导你的学习……”

程逾巳不为所动。

戚长璇使出撒手锏，按住他的肩膀不许他向前：“而且我知道你很多秘密！”

他嘴角一扯，语气低沉：“所以，该拿你怎么办才好呢？”

看到他瞬间凉下来的眼神，戚长璇暗道一声不好，她后退几步：“你别乱来啊，你不是说是老马让你来找我吗？还有刚才宿淮亲眼看到我们两个在一块，我要是出什么事了，人证俱在。”

看她这副㞞样子，程逾已倏地一笑，讥嘲道：“你这么聒噪，能出什么事？”

他把手里的薄薄一沓资料塞到戚长璇怀里：“老马让你去趟政教处。”说完转身就走了。

戚长璇抱着那沓资料看着他的背影小声骂：“装腔作势！”

明明隔得很远，她声音也很轻，可他偏偏听到了，反唇相讥：“胆小如鼠。”

戚长璇一溜烟跑远了。

外星人真可怕，惹不起，惹不起。

周二课间跑操之前，学校新发了一套校服，不是之前的蓝白色，而是清新的绿色。

按左顾的话来说就是，穿上绿油油的，像一片等待收割的稻田。

魏靖南笑话他没常识，待收割的稻田明明是金色的。

左顾翻个白眼，不想跟这个听不懂玩笑话的同桌说话。

魏靖南却依然揪着不放，语重心长地说：“左顾同学，你语文老师和生物老师要是知道了，肯定很生气。”

左顾忍无可忍，不知道怎么跟语文老师扯上了关系，也不知道关生物老师什么事，他气得大叫：“魏靖南同学，我这是隐喻！隐喻好不好！暗示我们是被考试摧残的小草！”

“可是很不恰当。”

“啊，老天爷啊！快把我的同桌带走吧！”

听他们拌嘴停不下来，戚长璇忍俊不禁，示意他们安静一会儿。

她这才站在讲台前说：“等会儿就是课间跑操，不然咱们全部换上新校服，穿着去跑操，怎么样？”

李畅埋怨：“这破校服有什么好穿的？”

戚长璇说：“你们想想看，全校就只有咱班全都穿着全套新校服，多出风头？”

接收到戚长璇的眼神，左顾果断拥护她：“我觉得班长说得有道理，咱们 9 班校服从来没穿齐过，让老马在老师们面前抬头挺胸一回！自己也有面子！”

“咱们也风光一回呗，让 4 班那群天天穿着校服心比天高的好好瞧瞧！”

“对对对，大家一起穿吧！”

向来懒散的同学被“出风头”打动，纷纷响应班长号召。

李畅嘴里骂骂咧咧的，从不肯穿校服的他，看大家都穿了，只好心不甘情不愿地套上了这一身绿。

果然，整个操场，只有 9 班全部规规矩矩地穿着全套新校服，明晃晃的绿色在一片蓝色中看起来特别扎眼，很出风头。

教导主任频频看过来之际，忍不住在广播前夸了几句，让其他班都向9班学习。

跑操正式开始，戚长璇和其他女生换了个位置，站在队伍末尾，边跑边跟莫鲤聊让她帮忙伴舞这件事。

“我记得你说过，你小学初中每年寒暑假一直有报舞蹈培训班来着，好像就是芭蕾吧？”

莫鲤不感兴趣，想也不想就拒绝了：“不跳。”

没想到莫鲤会拒绝得这么彻底，戚长璇整张脸都垮了：“好莫鲤，我们一时半会儿真找不着别人了，你就当帮我一个忙，我一定十倍，不，百倍报答你！”

莫鲤有些心不在焉：“你们哪些人一块表演？”

戚长璇报了名字给她听，越听莫鲤的眉头越紧紧皱在一块。

“这主意是谁出的？”

“宿淮啊。”

莫鲤笑了一声，果然。

“来嘛，来嘛，本来按理说元旦会演应该全权交给高一年级，各个班出个节目就行了，没想到我都高二了，还得出节目。”戚长璇愁眉苦脸道，“上学以来，我不止每年元旦会演要上台，艺术节、运动会什么的，只有一搞活动，我必定上台，从没漏过一次，真是什么花样都表演过了。”

莫鲤扑哧笑出声。

戚长璇哀怨地瞥她："你还笑，我都这么惨了。"

"好了，好了，我去。"

"真的？"要不是正在跑操，戚长璇简直想抱住莫鲤亲两口，"莫鲤，我就知道你最好了！"

解决了一桩大事，戚长璇终于有心情调侃她："你和宿淮，你们俩到底怎么回事呀？"

"能有什么事？"莫鲤摆臭脸，故意反问，"那你和程逾巳呢？"

"谁？"戚长璇装傻，"风太大，我听不见！"边说她边加快速度，重新跑到了自己的原位置。

莫鲤哑然失笑。

纪律不太好，成绩不太好，做出任何一点进步都会被放大，戚长璇深谙这个道理。

本来一直不被看好的9班突然当着全校师生的面被表扬了一回，老马脸上有光，喜滋滋的。平常为了督促大家学习进步，每天布置两张数学试卷的他，今天罕见地只布置了一张，而且还奖励班里同学第八节自习课看电影。

同学们尝到了甜头，上课自觉了不少，平时偷懒睡觉的几个也自觉脸上有光，课堂上抬头挺胸坐得笔直。

戚长璇对电影没兴趣，索性埋头做题，下课铃一响，正好把今天布置的全部作业做完了。

她习惯性扭头，却不见程逾白人影。

他的校卡还在桌子上，校卡是进出校园的通行证，放学或许还能跟着人群混出去，可要想在早晨走进学校，就没那么容易了。

戚长璇等了十多分钟，确认他的确已经离校了，本着互帮互助的原则，只好揣着他的校卡，跑一趟腿。

冬天的晚上，夜幕降临得很快。

走到半路，戚长璇忽然想起遇到小混混那天程逾白说的话，他似乎并不喜欢自己跟晚上的他接触。但他说让自己离他远一点之类的话，也不是一两次了，而且她也不觉得晚上的他有什么不好。

再说已经走到这个份上了，折回去好像也不合适，她思前想后，打算送完校卡就回去，两头不得罪。

开门的自然是司郁，他眼里是毫不掩饰的惊喜："你来了？"

她径自把校卡往笑吟吟的司郁怀里一塞："喏，你校卡忘拿了，我是来送校卡的。既然送到了，我就先走了。"

司郁没有拦她，而是若有所思地看着她的背影。

等她走出几步远，身后传来一阵很压抑的咳嗽，紧接着传来重物坠地的声音。

戚长璇一扭头就看见司郁摔倒在地，她赶紧扶他起来。

"你追过来干什么？"

他脸色比起以往更苍白了几分，咳了半晌，才笑着说："看你走得急，以为你有急事，想多送你一段路，和你说说话。”

戚长璇有些心虚，扶着他走进去：“你身体好像比白天差很多。”

他自嘲地笑道：“你看不出来吗？白天的‘他’比晚上的我要强大很多，所以，只能等你来找我。”

她好奇道：“你晚上都不出门的？”

即便人格不同，只要不碰上学校里那些人，应该不会有事才对。

司郁很轻地摇了摇头：“我这样的状况，根本出不了门。”

戚长璇打着哈哈：“所以，如果我不来主动找你，那就没有其余人跟你说话咯？”

“对。”

戚长璇的笑容僵在脸上。

明明是同一张脸，却这样温柔地跟她说话。

搞得怼他怼习惯了的戚长璇也只好小心翼翼说话，同时认识两重人格，她浑身不自在，觉得自己也要分裂了。

司郁家的厨房很干净，没有做过食物的痕迹。

戚长璇替他倒了杯温水，问他：“对了，我一直很好奇，既然你不吃人类的食物，那你平时吃什么呀？”

司郁缓了缓呼吸，端起杯子抿了一口水，望着她的眼里含笑：“你想知道？”

戚长璇点头如捣蒜：“我之前看小说看电影，里头的外星球人有吃花的、有吃金属的，还有吸血的，无奇不有。”她偏头笑，“那你呢，你是属于哪一种？”

当司郁领着她打开食品储存柜时，戚长璇被眼前看到的景象惊到了。

柜子里摆满了梨子，个个饱满圆润。

“地球上并没有适合我吃的食物，但我在地球待了很多很多年了，总不能饿着肚子，所以学会了吃它。”

戚长璇拿起一个，仔细端详：“可为什么是梨子？”

司郁从她手里拿起那个梨子，半晌没说话，思绪仿佛一瞬间飘远。

戚长璇没注意他的表情，忍俊不禁地说：“可以，这很‘外星人’。”

司郁回过神，将她的反应尽收眼底，她果真什么也不知道。

话语刚落，头顶的灯光骤然熄灭，周围陷入了黑暗。

戚长璇心里一慌：“那什么，时间不早了，我先……”

一只冰凉的手突然抚上她的脸颊，他关切地轻声喃喃：“你的脸怎么这么烫？”

戚长璇吓了一跳，往后一缩：“大概……大概是太热了。”

他轻笑一声。

他视力很好，再黑也能看清她的每一丝表情。

“长璇。”

“什……什么？”

司郁微微俯身，把头搁在她的肩膀上，轻声说：“我很孤独。”

戚长璇一怔。

“所以，别不理我。”

换作白天的他说这句话，她一定一身鸡皮疙瘩，然后大骂他矫情。但此刻的他不同，她能感觉到，他的的确确就是孤独的，不止现在的他，白天的他也是。

这是白天的程逾巳，绝对不会说出口的话。

踏出门戚长璇才发觉，外头不知何时下起薄雪，且有越下越大的趋势。

等到次日早晨，雪已经堆得厚厚一层，可以盖过脚背，连出门都有些困难。

早自习的时候，大家没心思背书，都在兴奋地讨论着下了课要出去打雪仗。

左顾跑到讲台前，捏了半截粉笔往同桌魏靖南头上一砸：“不如咱们现在就在教室里打雪仗啊！”

魏靖南摸摸脑袋，捡起地上的粉笔丢了回去：“左顾，你太过分了！”

左顾朝他做个鬼脸，继续砸个不停，却一个不小心砸到了路过的戚长璇身上。

看着戚长璇的眼神，左顾咽了咽口水，嘿嘿干笑："我不是故意的。"

戚长璇放下英语课本，活动了一下手指："正好，我好久没有'打过雪仗'了。"

说着，她拆了一盒新的粉笔。

左顾抱头鼠窜："班长，我错了，我错了还不行吗？"

李畅和陈斯圆自然不肯错过这个热闹，加入战局一同围攻左顾。

看热闹看得正起劲的莫鲤不幸被误伤，她找存货最多的戚长璇讨要了几根粉笔，也加入混战。

除了被众人讨伐的左顾"中枪"最多外，戚长璇不知道被哪里的"暗箭"所伤，衣服上留下了好几个粉笔印。

几个人追逐打闹，教室里一时之间乱成一团。

戚长璇到处分发"子弹"，趁乱塞了两根到程逾巳手里，强行拉他加入战局。

程逾巳微微怔了下，掂了掂手里的粉笔没说话。

"你们在干什么？"

门口传来一声怒吼，老马脸红一阵白一阵，他的身后还站着几个来检查早自习情况的老师。

教室里瞬间鸦雀无声。

"你们怎么回事？闹成这样，像什么样子？"

老马正在气头上，没人敢在这个时候为自己争辩。

老马视线落到戚长璇身上："还有你！长璇，你是班长，你么也跟着他们一起闹？"

戚长璇吐吐舌头，偷偷地跟莫鲤对视一眼，不敢说话。

一整天，外头雪下了停、停了下，还伴随着小雨。

临放学的时候，老马一挥手，宣布从校长那儿听到的通知——今天雪太大，为了安全考虑，全体走读生今晚不用来上晚自习了。

包括戚长璇在内的走读生们欢呼雀跃，寄宿生们则唉声叹气。

戚长璇开始琢磨晚上是约人去吃烧烤，还是去网吧打游戏，还没决定好，就听到老马慢悠悠地继续说："不过嘛——"他意味深长地拖长语调，"我念到名字的同学，先别高兴太早了。"

果然，老马追究起责任来了。

戚长璇、程逾巳、莫鲤、陈斯圆、左顾、李畅、魏靖南等参与了粉笔大战的人，一个都跑不了。

一群人被罚扫操场的雪，他们拿着竹扫把和垃圾篓，浩浩荡荡走下楼梯。不像是去受罚，反倒像是去领赏。

几个人在寒风中冻得哆哆嗦嗦，边扫边拌嘴。经过一个学期的相处，他们对彼此的性格早就很熟悉了，嘻嘻哈哈、打打闹闹成一团。

尤其班里几个男生，总能苦中作乐。

李畅拿着竹扫把当吉他，自我陶醉地在空中虚弹了几下，贱兮兮地唱："你问我爱你有多深，我爱你有几分，我的情也真，我的爱也真，月亮代表我的心……"

左顾对他的歌喉嫌弃得不行，于是不客气地评价："李畅同学，你这样的水平，我可不会为你转身。"

李畅翻了一个白眼："那你唱一首？"

左顾做深情款款状："轻轻的一个吻，已经打动我的心，深深的一段情……"

他还没唱完，李畅就一阵恶寒，一脚踹向他的屁股："我去，你唱得比老子还难听，跑调跑到姥姥家了。"

魏靖南小声附和："真难听！"

陈斯圆早已捂着肚子笑得停不下来了："别说了，你们俩半斤八两，谁也别笑话谁！"

左顾不服气道："哪里跑调了？你这是嫉妒，赤裸裸的嫉妒！"

他们几个闹出一团，显得戚长璇这边格外安静。

她扫着扫着不禁想起昨晚的事，程逾已对她的亲密举动，脸忍不住一热。

她心气不顺，索性弯腰抓起一把雪，往背对着她的程逾已身上一砸。

正在扫雪的程逾已动作一停，转过身来。

戚长璇赶紧装作若无其事低头继续扫雪，不料一个冰冷的雪球砸到了她裸露在外的脖子上。

戚长璇倒吸一口凉气，冻得在原地蹦跶了好几下，边把雪拍出来，边冲似笑非笑的程逾巳说："你偷袭！"

他双手抱胸："我这是以其人之道，还治其人之身。"

戚长璇嘟囔："不错嘛，那怎么——"她又揉了一个雪球，朝程逾巳砸过去，"不见你语文成绩有进步？"

程逾巳偏头轻巧躲开，不忘嘲笑："准头真差。"

看他们打得起劲，魏靖南也暗搓搓蹲下来揉了个雪球，朝左顾脑袋上一丢。

看着左顾冻得直跳脚，魏靖南笑起来："哈哈，让你白天砸我！"

李畅丢开扫把，把藏在手里的雪球砸到陈斯圆后背上。

陈斯圆一下子反应过来，冲李畅扬起扫把："你砸我干吗？"

李畅摆摆手，矢口否认："不是我啊，是左顾！"

……

上午的粉笔战顺利延续成现在的雪球战。

欢声笑语传得很远很远，仿佛，永远不会有忧愁。

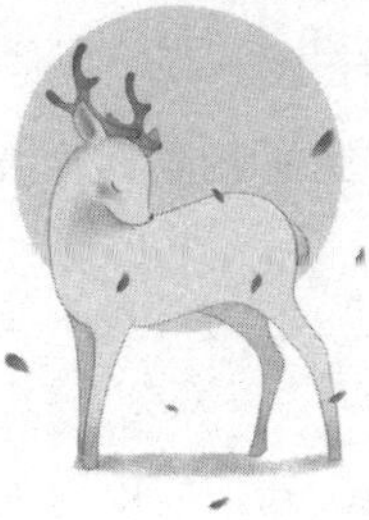

第七章

我就是喜欢多管你的闲事

“你叫什么名字？”

“……”

“你受伤了吗？”

“……”

“你为什么不说话？”

“……”

“你从哪里来呀？你穿的衣服好奇怪，从没见过你这样的装扮……”

“……”

说了老半天，对面的人还是一点反应也没有，她沮丧地把手里的树枝丢开，起身离开。

重新出现的时候，她手里多了一样东西。

她蹲下身子平视着他，献宝一样递到他眼前：“你饿不饿？”

“……”

“你一定很饿吧？这么久没吃东西了。”

“……”

“我不管！本小姐赐你的，你必须吃！”

“……”

见他还是没有半点反应，她眨巴眨巴眼睛，声音低下来，轻声央求：“吃嘛，不吃东西怎么行？肚子饿很难受的，吃一口，就吃一口好不好？”

“……”

一动不动的他终于有了反应，似乎是嫌弃她太过聒噪，又似乎是真的太饿，他接过了她手里的东西，递到嘴边咬了一口。

“你是不会说话，还是不想说话？我可以教你呀。”

……

场景眼花缭乱，戚长璇拼命地想要看清他们的脸，拼命地想要靠近他们，却怎么也看不清、靠不近。她唯一能看清的是，少女递给少年的——

是一个黄澄澄的梨。

第二天，戚长璇迷迷糊糊着没听见闹钟响，醒来的时候，才发现离上课只差十分钟了。顾不上回想这个古怪的梦，她匆匆洗漱过后，赶紧往学校赶。

再过一段时间就要期末考了，老马督促着大家抓紧复习，考出一个好成绩来。戚长璇忙着完成老马交代的各项任务，同时还要兼顾元旦会演节目排练，手忙脚乱。

好不容易下了第八节课，她正打算和莫鲤、陈斯圆去外头吃个饭，李畅却招呼着他们几个先别走。等了十多分钟，他神神秘秘地抱着个白色的泡沫保温箱从后门走进教室。

他迫不及待地吆喝："来来来，每人挑一支。"

左顾麻溜地窜到他身旁，帮着打开盖子，惊叹："我没看错吧，冰棍？"

戚长璇也惊了："你从哪儿买来的？学校小卖部不是早就不卖了吗？"

泡沫箱里放着十几支各种口味的冰棍，用冰袋冻着，此刻正冒着凉气。

陈斯圆搓搓手，拆了一支山楂味的，咬一口，满嘴酸酸甜甜的："我说你不会是顶风作案，点了外卖吧？"

现在学校抓外卖抓得很严，但凡抓住，不仅要扣班级分，还要写三千字的检讨。

李畅一副高深莫测的样子："你们别管，吃就是了！"

莫鲤皱起眉，对冰棍并不是很感兴趣："你神神秘秘让我们等你，就是为了这个？这个季节吃冰棍？冰棍能当饭吃？"

李畅选择性地回答了其中一个问题："就是要这个季节吃才爽啊。"他振振有词继续道，"平时都是班长请客，我可不想一直白吃白喝。再说了，咱们可是有难同当，一同承受过老马欺压的好兄弟。"

戚长璇斜他一眼："谁跟你们是好兄弟了？"

左顾拍戚长璇的马屁拍习惯了，笑嘻嘻地接话："好姐妹，好姐妹，咱们是好姐妹。"

李畅招呼着其余几个一块过来："魏靖南，你别光顾着写作业啊！还有你也是，"他大声嚷嚷着，"程逾巳，你怎么不过来吃啊？不给面子啊？"

戚长璇扭头看了坐在座位上无动于衷的程逾巳一眼，回想起他吃不惯地球的食物，想拦："不是，他只是胃口不太好……"

话还没说完，程逾巳便站起身走过来把冰棍接了过去。

戚长璇："……"

他神情平静地拆开，在戚长璇复杂的眼神中咬了一口。

"胃口不好？"李畅一脸暧昧，戳了戚长璇一肘子，"哎，人家都没说什么，你就上赶着维护了？我瞧着他胃口不是挺好的吗？"

陈斯圆凑过来嘻嘻哈哈地开玩笑："你还不明白啊？"她压低声

音，“七七，她喜欢……”

被戳中心事的戚长璇恼羞成怒：“陈斯圆，你给我住口！”说着不忘瞟一眼程逾已的方向，他好像并没有注意他们的动静。

李畅装着听不懂，继续调侃她：“啊？喜欢？班长喜欢什么啊？”

戚长璇没好气地把手里刚拆开包装的冰棍往李畅嘴里一塞，冻得毫无防备的李畅一个哆嗦——

“我喜欢吃冰棍！”

几人迅速解决了所有冰棍，正要“毁尸灭迹”，外头传来一声怒吼：“果然又是你们9班，刚才是谁点的外卖？”

抱着箱子正打算出去扔的魏靖南傻了眼，看着门口铁青着脸的政教处老师，讷讷着说不出话来。

左顾一抹嘴巴，把包装纸往身后一藏，和李畅对视一眼，心有灵犀齐齐指着可怜的背锅侠魏靖南——

“老师，就是他！”

被巡查的老师顺藤摸瓜抓个正着，一群人不敢久待，赶紧散开，该去食堂的去食堂，该出校门的出校门。

只有委屈的魏靖南被老师带去了办公室。

离开前，李畅在身后疯狂地给魏靖南使眼色，只求他不要千万出卖自己，自己要是再犯一次错，就要被老马叫家长了。他完全把刚才自己说过“有难同当”的话忘了个干净。

戚长璇让陈斯圆和莫鲤先出校园去点餐，自己随后就到。

等他们全部离开，程逾已微微一个踉跄，扶着桌子变了脸色。

果然，几分钟后，程逾巳吐得昏天暗地。

站在男厕所门口，看着他白着脸出来，戚长璇忍不住扑哧一声嘲笑他：“不能吃就不要吃嘛，干吗这么逞强？”

她好心递了一张纸巾给他，一副“我就知道”的样子：“帮你开脱还不领情，真是好心没好报。”

“帮我开脱？”他抹掉下巴上的水渍，瞟了她一眼，似笑非笑的，“你为什么要帮我开脱？”

戚长璇心里“咯噔”一下，移开眼：“随口一句话而已，哪有那么多原因？”

程逾巳挑了挑眉，靠近一步故意问：“可他们刚才不是说，你喜欢……”

“你怎么耳朵这么尖？老师讲课倒是没见你这么认真。”

程逾巳不理她的打岔，继续说：“你喜欢什么？”

“我不是回答了吗？我喜欢吃冰棍。”

程逾巳轻轻嗤一声，懒得拆穿她刚才并没有吃冰棍的事实。

他半眯着眼说：“我看你不会是喜欢……”

重新绕回这个话题，戚长璇觉得自己的心脏都快要跳到了嗓子眼。

程逾白扫了她一眼，嘴角微微弯起："多管闲事吧？"

"……"

戚长璇气结，脱口而出："对，我就是喜欢多管闲事，尤其喜欢多管你的闲事。"

程逾白步子微微一顿，轻飘飘丢下一句："看出来了。"

"……"

戚长璇觉得自己迟早有一天被他气出抑郁来。

所有人都能看得出，她很在意他，所以才跟他拌嘴，所以才想帮他。

可他偏偏看不出来。

程逾白回教室拎起桌下的书包，打算回家。

戚长璇却跟在他身后，犹豫了一下还是问："对了，下周期末考后，学校会举办元旦会演，你有空吗？你会去吗？"

他答得干脆直接："关我什么事。"

"可是我会参加哎！"

"你参加，"他抬了下眼，看着面前一脸期待的她，淡淡一句，"跟我有什么关系？"

"怎么没关系了？咱们难道不是前后桌吗？我难道不是老马钦点给你的辅导老师吗？为了咱们高二(9)班的集体荣誉，你难道不应该替我去加油打气吗？"

听她扯了老半天，程逾巳还是一点兴趣也没有，扯了下嘴角："你想说什么？"

"我想说，元旦会演有很多精彩的节目，也有很多漂亮的小姑娘，其中最漂亮的那一个也会上台表演。"说着，她厚着脸皮眨眨眼睛，"所以，你不打算去看吗？"

程逾巳皱了下眉："最漂亮的那一个？"

戚长璇脸不红心不跳地指着自己夸："就是我啊。"

他面无表情地俯下身，真的认真打量了一下她。他们近得她似乎能看到他漆黑眼睛里那抹惑人的金色。

"很一般嘛。"他眉头松开，语气依然嫌弃，但眼底似乎有笑意。

等他转身走远，戚长璇才反应过来他在说什么："哪里一般了？呸呸呸！"

她气得跳脚："我说，你到底去不去啊？"她双手拢成喇叭状，"时间是周四下午一点半，地点是艺术楼五楼。"

程逾巳随意地摆摆手，走远了。

戚长璇拿着叉子疯狂叉着面前的牛排，翻来覆去不停骂程逾巳："他都看不出来吗？我在邀请他啊，我还不够直接吗？"

坐对面的陈斯圆心疼道："但你也别拿牛排出气啊，牛排多贵啊。"

"你邀请他干吗？左顾、李畅他们几个还不够给你加油助威吗？"莫鲤皱了下眉，思索了一下，"你不会来真的吧？"

戚长璇听懂她的意思，又气哼哼地戳了几下：“我像爱开玩笑的人吗？”

陈斯圆点头：“不仅像，你就是。”

话音刚落，她便遭到了戚长璇的“打击报复”：“陈斯圆，你期末考不想进前二十了是不是？你到底跟谁是一头的？”

陈斯圆惹不起戚大佬，生怕她一言不合就不辅导自己的数学了，立马卖乖：“我当然跟你是一头的了，男人都是‘大猪蹄子’！”

戚长璇愤愤跟着骂：“迟钝又讨人厌的‘大猪蹄子’！”

这周学校放月假。

戚长璇本打算去外公家陪着外公外婆吃个饭，顺便撒个娇把之前那桩事大事化小，小事化了，免得外公转头就告诉她爸妈。但因为马上就是元旦会演，为了高二的荣誉，总得多排练几遍，计划只能暂时搁置。

但好在其中一个学霸花了一个晚上，把全部人的稿子都写出来了，勤奋得不得了。他文笔很好，戚长璇乐得清闲，只需要把自己那部分背下来就好。

来帮忙的莫鲤基本功扎实，再加上需要她的部分只是开头和结尾，并不算难。她与宿淮虽然没怎么说话，但很默契，到晚上九点的时候，便全部顺了下来。

戚长璇也没想到这么快就能全部排练好，说请大家一块吃消夜，预祝表演成功。

莫鲤边把舞鞋塞进包里，边说道：“我就不去了。”

“怎么不去了？”戚长璇问。

“家里还有事。”

“我也不去了。”宿淮淡淡接过话。

戚长璇也不强求，她瞟了眼宿淮，又瞟了眼莫鲤，有些明白过来，给宿淮使了个眼色：“哦，那宿淮你要是没事的话，可以帮我送莫鲤回家吗？这么晚了，她一个女孩子回家我挺担心的。”

宿淮从善如流地答道：“好啊。”

莫鲤一个眼刀甩过去，平时晚自习下课自己经常一个人走夜路，怎么以前没见她担心过？

戚长璇朝莫鲤露出一个鬼脸，招呼着大家一起打车，几个人嘻嘻哈哈地走远了。

偌大的排练厅少了活跃气氛的戚长璇，一下子安静下来。

自宿淮把话摊开来说后，他们除了必要的交流外，很少有交集，包括今天，不过围绕排练内容说了寥寥几句话。

安静了几分钟，莫鲤突然开口：“你别多想，是戚长璇找我，我才来的。”

宿淮一怔，弯唇：“我知道。当然不是因为我才来。”

她听出他话里的揶揄，却一时找不到合适的话反击，索性收拾好东西，不再理他，背着包先走了出去。

放月假学校里没人，停车棚里只孤零零停着一辆自行车。宿淮解了锁，推着自行车出了校门，一抬头就看到莫鲤在校门口等他。

他微微一怔，没料到她居然没走。

等了好几分钟他才出来，莫鲤早就不耐烦了，她径直朝他走过去，坐在他自行车后座上，语气有些生硬："不是说送我吗？"

他表情松动，微微一笑："是啊，送你。"

顿了一下，她解释："正好我身上没零钱坐公交车。"

"知道我家怎么走吗？"

"知道。"

她下意识就讽刺他："看来你没少跟踪我嘛。"一说出口她就后悔了，却无法收回。

她脾气倔她自己也知道，他们之间闹得这么僵，说到底都是自己导致的。包括退学，其实说到底，宿淮也是无辜的。

安静了两秒后，宿淮平静地说："我家和你家是同一个方向，每天早上我都能看到你和一群朋友一起去学校，只是你从没注意过。"

前方是十字路口，往左是市一中的方向，往右是回家。这个点来往的车辆不多，红绿灯闪烁着温馨的橙色光芒。

莫鲤轻声说："我知道。"

只不过，我一直以为没注意的那个人，是你。

“抓紧。”宿淮说。

“我抓紧了。”她的指尖探出羽绒服，紧紧扣着自行车后座，和宿淮的身体保持距离。

宿淮侧了下头：“我说抓紧我。”

莫鲤权当没听见。

“等会儿是一个下坡，你也不怕摔下来？”

莫鲤沉默了一会儿，象征性地捏住宿淮的校服衣角。

“上了我的车就是我的人了。”他说。

莫鲤冷嗤一声，懒得搭理他。

见她故意倔强地不给反应，他翘了翘嘴角。

冬夜的冷风刮在脸上生疼，她缩在他身后，有些恍神，就是这一恍神，她险些晃下去。

下坡时，自行车速度很快，他丝毫没有按刹车的意思，自行车一溜冲出好远，吓得莫鲤条件反射般一下子搂住他的腰，惊魂未定。

等速度平稳下来，她才气恼地说：“你也不怕我真摔下来？”

他笃定地说：“不会的。”

莫鲤恨他恨得牙痒痒：“要是我真摔了，我可不会轻易放过你。”

宿淮笑了笑，空出一只手来紧紧抓住莫鲤环在自己腰上的手，嗓音很温柔：“我舍不得你摔。”

莫鲤愣了愣，心里说不出是什么情绪。半晌，她的额头狠狠撞在他后背上，低声骂：“浑蛋。”

宿淮没听清："你说什么？"

莫鲤大声骂："我说你浑蛋啊！快放开我，我可不想出车祸！"

宿淮闷笑一声，松了手，重新抓稳自行车把手："你抱稳了。"

莫鲤轻哼一声，嘴里不停骂着："你浑蛋！你浑蛋！你浑蛋！"

宿淮嘴角含笑，任由她骂。

不知道为什么，一向喜欢跟他对着干的她，居然真的没有松开手。

"叮咚叮咚——"

门铃声响起。

司郁揉了揉太阳穴，起身下楼开门。

"哈喽！"戚长璇笑容灿烂地探出头来。

虽说放了月假，但周日还是照样要上晚自习的，她是特意跟老马请了假，说是马上期末考了，本着为班级服务的初衷，打算帮程逾巳恶补一番学习，这才过来的。

老马闻言很感动，再加上程逾巳的的确确每一次月考都进步了二十多分，一个学期下来，名次从倒数第一升到了中等偏下。

他将功劳归于戚长璇，轻而易举就放行了。

"考虑到你因为身体原因无法出门，所以我给你带了这个。"戚长璇亮了亮手里的几张电影光碟。

"之前注意到你家安装了 DVD，所以我特意挑选了几张最近很火的电影光碟。”她换了拖鞋进门，“本来前几天就想过来一趟，但是这段时间真的太忙了。”

司郁抿了下唇，若有所思地盯着她手里的光碟：“你怕我无聊，特意过来送这个？”

她眼神澄澈，答得爽快：“对啊。”

司郁弯唇笑开。

他的房子很温暖，完全不是前几次的冰凉寒冷。

但司郁还是细心地替她拿了一条毛毯，她便裹着小毯子缩在沙发上。

“你不是不怕热、不怕冷的吗？怎么今天突然开了暖气？”她吸吸鼻子。

“不是今天开的，”他解释，“天气变冷了，怕你临时过来措手不及，所以干脆每晚都开着。”

戚长璇张了张口没说话，所以，这暖气是特意为她准备的？

他这么一说，她反倒更加不好意思。他不像白天的时候情感淡薄，排斥任何人的接触。他比白天的那个他，更加温暖，更加有人情味，却偏偏只能一个人待在这栋小小的房子里。

她无法想象这样的孤独感。

正出着神，耳边听见他低低咳嗽了几声，他脸上明明恢复了血色，嘴唇不再惨白，但身体丝毫没有好转的意思，病反而越来越严重。

她好奇地问：“你晚上身体怎么会这么差，白天看你还好好的？”

司郁说："另一重人格比现在的我要强大很多，他束缚了我，将我锁在黑夜，体能也降到最低，所以我什么也做不了。"

戚长璇皱了下眉："他为什么要这么做？"

司郁抿唇笑了笑："可能是他怕我吧？"

"怕你？"戚长璇更好奇了，"你有什么好怕的？"

司郁伸手刮了下她的鼻尖："怕我泄露他内心最真实的情绪啊。"

他炽热含笑的眼很温柔，饱含着万千情愫。戚长璇承受不来，也不明白他为什么要这么看她。

次日是周一。

戚长璇放了学除了喜欢去网吧打游戏外，偶尔会跟着左顾他们待在启风校外的小卖部里。

小卖部里间专门空置了一间房，搁着两台不怎么新的桌上足球，是老板的儿子买的，老板儿子去外地读大学后，便空置了。

老板跟他们几个很熟，因为他们经常在这儿买东西，饮料零食一箱一箱地买，甚至连上次李畅的冰棍外卖也是在这儿买的。所以老板把里间免费开放给他们玩，这也是独属于他们的秘密基地。

中午，莫鲤去找她以前在市一中的朋友们了，房间里男生们玩得热火朝天，女生们则在吃零食聊天。

陈斯圆提醒戚长璇："对了，七七，元旦会演那天，你记得给我安排一个好位置，我要带上灯牌和应援物给你加油助威。"

崔笛子乐呵呵地说："七七肯定不会忘记的。"

戚长璇说："放心吧，你们几个坐同一排，保证视野好。"

元旦会演本来只有高一年级全体师生要参加，但因为临时加了一个节目，所以特意安排了位置给高二年级的学生。

陈斯圆喜滋滋道："那就行。"

那头左顾在嚷嚷："喝的没了，我去买，有谁要带？"

小卖部生意很好，尤其是中午，很多到得早的学生守在校门口等着开门放行。

左顾一从里间走出来，就从不少买水买零食的人中看到了程逾巳，他的黑色兜帽不论在哪里都很显眼。

左顾兴奋地朝他招手："嘿，程逾巳！"

被热情呼唤的对象程逾巳没太大反应，瞟了他一眼，接过小卖部老板找的零钱。

左顾早学会了戚长璇的厚脸皮，继续冲程逾巳招手："进来一块玩呗。"

程逾巳转身打算走人了。

"哎，校门又没开，你在门口等也是等，进来等也是等，还不如进屋里等呢……"

程逾巳还是没有跟他说话的兴致。

"而且七七她们都在里头。"

里头几个女生畅所欲言，丝毫没注意外头的动静。

几个人从最新播出的电视剧电影聊到欧美日韩的潮流明星，尤其是追星少女陈斯圆，给她们“科普”了48系跟韩团的区别。

不仅“科普”，她还强烈“安利”自己的男神，翻手机里的照片给她们看：“我的理想型就是小栗旬那种，痞帅痞帅的男生。”

崔笛子说：“我永远爱逍遥哥哥！”

戚长璇对明星兴致不高，听得想睡觉。

崔笛子扭头问戚长璇：“七七，你的理想型是什么？”

“我知道，我知道！”陈斯圆举手抢答，“就是那种对人冷漠、毒舌又脾气差的，用三个字来概括就是……”

“呸呸呸！”

戚长璇翻了一个很大的白眼，阻止她把那个名字说出口：“我是吃饱了撑的吗？”

正好掀开帘子走进来的左顾乐了：“我倒是觉得斯圆说得很有道理。”

他冲陈斯圆挤眉弄眼，两人只差没默契地击个掌了。

戚长璇扭头正打算反驳，却看到了跟在左顾身后的程逾巳，他走进屋，视线和她对个正着。

他没有温度的淡漠目光看得戚长璇心头微微一跳。

戚长璇回过头郑重其事地说：“我呀，喜欢温柔型的，就是那种体贴入微、事事关心我照顾我的。”

崔笛子笑起来：“就是有绅士风度的那种吧？”

戚长璇赞同：“对对对，就是这种。”

陈斯圆的表情变得复杂起来，她瞄了眼程逾巳，见他毫无反应，只好无奈地说：“戚长璇你清醒一点，别这么做作。”

“你以前玩过‘桌足’吗？”左顾问程逾巳。

程逾巳在沙发上坐下，他漫不经心扫了两眼在一旁玩得起劲的两个同班同学。

“没有。”

听到满意的答复，左顾摩拳擦掌蓄势待发：“我演示给你看。”

上一次月考，程逾巳超了他一分，这次他有意要在程逾巳面前炫耀真正的技术。他成绩虽然不怎么样吧，但胜在眼睛尖、手指灵活、桌足经验丰富啊。这不，他轻轻松松控制着操纵杆，在对面魏靖南的围堵下接连进球。

魏靖南措手不及，来不及反应：“你慢一点！”

“怎么样，怎么样？”左顾冲着程逾巳得意地笑，坐等他的夸奖，“不吹牛，我可是技术流。”

程逾巳皱了下眉，神情恹恹：“不怎么样。”

果然，他嘴里就没一句好话。

左顾一脸悻悻道：“那你来试试？”

程逾巳和魏靖南对打。

没两分钟，程逾巳就进了五个球，魏靖南手忙脚乱根本来不及阻挡。

左顾拉开魏靖南亲自跟程逾巳对打，边打边埋怨魏靖南："你水平太烂了吧，连新手都对付不了？"

魏靖南还是不敢和程逾巳说话，小声跟左顾解释："不是我的问题，是他真的很厉害。"

三分钟后，在左顾的围追堵截下，程逾巳再度轻而易举地进了几个球。

程逾巳厌倦了："这种小儿科游戏有什么好玩的？"

见程逾巳不玩了，左顾泄了气，像被霜打过的茄子愁眉苦脸地说："不打了，不打了，今天运气不好。"

在一旁围观的戚长璇早早预料到了结果，贴心地安慰他一句："没关系的，不就是输了几个球吗？相信自己，下次会输得更多的。"

陈斯圆也装模作样安慰他："人生不如意十有八九点九九九九九九嘛。"

魏靖南也过来补刀："这下你总算相信不是我技术差了吧？"

戚长璇幸灾乐祸地总结："叫你嘚瑟。"

左顾无言以对，心里悲痛万分，自己到底都交了一群什么损友啊。

周二周三的期末考很快就过去，戚长璇正常发挥一点也不紧张。

真正令她紧张的是，周四下午的元旦会演。

他们的表演形式，学校领导觉得很不错，再加上他们是学霸队，代表的是启风学校的整体形象。他们的节目被安排到了最后一个，三点半才会轮到他们上台。

所以三点出头的时候，他们才出发往礼堂走。

走到艺术楼外，就看到四楼窗外挂着一条长长的横幅——预祝启风“复仇者联盟队”演出圆满成功。

队伍的名字是戚长璇取的，“复仇者联盟”强强联手，天下无敌。

横幅很打眼，是昨晚左顾、李畅几个男生临时起意一起搞的，和旁边实验楼几天前不知道哪个高一班从三楼挂出来的“正义联盟队”，遥遥相望。

他们几个虽然平时吊儿郎当、不务正业，但关键时候还是挺仗义的。

不仅搞横幅，在陈斯圆的指导下，左顾一咬牙一跺脚，还买了好几箱矿泉水、小面包，在学生入场时站在入口分发，说什么要替戚长璇撑场子，不能在那帮高一的面前输了面子。发一个说一句，请多多支持最后一个节目。

这样一套流程下来，搞得戚长璇哭笑不得。

帷幕拉开前，戚长璇深呼吸，和其余几个人互相打气。

她风趣的几句话，一下子冲散了那些从没以这种形式上过台的学霸之间紧张的气氛。

宿淮望着钢琴有些出神，不料身旁突然出现一个身影。

那人强硬地按着他的肩膀，不许他乱动："看你主持大大小小的节目这么多次了，怎么连领带都打不好？真丑。"

她动作有些粗鲁地拆开他原本的领带，不跟他对视，低头重新帮他打好领带。

她手很巧，轻轻松松便帮他打了个漂亮的形状。

她手指很轻地抚平领带上的褶皱："好了。"

她转过身，打算站到设计好的位置上，却突然被宿淮伸手拦住。

宿淮若有所思地笑了笑，知道她在别扭，把她转过来面对着自己，接过她的话头自然地回答："我学不会。"

"开什么玩笑？你不是事事都要做到极致的吗，连领带都不会打？"

"可有些事情不用。"

他微微仰头看着面前倔强的少女，握住她的手笑看着她："正好，我身边缺一个会打领带的人。"

她抿紧嘴唇没说话。

"莫鲤，你会，我就不用会了。"

莫鲤一默，挣开他的手："那你要求可真低。"

帷幕拉开。

包括戚长璇在内的几个人朗诵完毕，最后是一小段莫鲤的独舞。

宿淮的目光从黑白琴键落到舞台中央穿着雪白舞裙的身影上。

莫鲤从小便学舞，他在一中的时候就听说过，却从没见她在大众面前展示过。她动作流畅、身形优美，每一个侧身都无比惊艳，手臂弯曲、脖颈上扬的每一个弧度都像极了最精美的艺术品。

音符在指尖跳跃，而她在他眼底旋转不停。

每一帧的画面都弥足珍贵，连他自己都不知道，这些会一直在他心里珍藏许多年。

演出完美结束。

节目全部结束后，他们留下来和领导合影。

一群人簇拥着戚长璇和宿淮，校领导们对他们赞不绝口。莫鲤默默看了一会儿，觉得他们这种人是天生要受到上天宠爱的，和她完全不是一个世界的人。

她一个人回了后台。

几个刚表演完节目的高一年级的女生还没走，正围坐在一块聊天。看到莫鲤过来，她们神情各异：

“她怎么也上台了？”

“对了，你有没有听说宿淮在追她？”

莫鲤对她们的话置若罔闻，走到化妆台那边翻找自己的外套。来了启风学校后，她低调了很多。不论在哪个学校，她都身处流言的中心，要是面对每个讽刺她的人，她都选择回击，只怕手早就残废了。

见她没反应，那几个女生更加大胆。

“怎么可能？最后那个节目不是一群学校的学霸吗？她成绩有很出色吗？我看啊……”说话的女生压低声音，“是她对宿淮死缠烂打吧，不然怎么可能混进那个队伍？”

莫鲤倏地朝她们看过去。

总是有一些恶毒的人，自以为高高在上，用最恶劣不堪的利剑对准别人，嘲笑别人。

对别人评头论足，言语中把别人踩在脚下，以此填补内心的空虚。

她不屑地笑了笑，可惜自己不是随便就能被舆论击得千疮百孔的人。

“怎么走这么快？”

宿淮走进后台，他三两步走到莫鲤身旁，把搭在椅子上的大衣给她披上。

那几个女生看到宿淮出现，赶紧站起身热络地喊：“学长。”

宿淮余光都没给她们一个，对谁都很随和的他，直接无视了她们。他脸色有些难看——他听到了她们的言论。

“反正没我的事，饿死了，还不如早点走。”莫鲤说。

宿淮笑了笑：“总之，谢谢你今天过来帮忙。”

“小事而已，有什么好……”

宿淮打断她：“如果没有你，我们都不知道怎么办才好。”

她懂了，他是故意说给她们听的。

“要我怎么谢你？”

“不谢也没关系。”

“你帮了大忙，当然要谢。”

莫鲤终于把自己的外套从衣服堆里翻了出来，她正要说不用，就听见其中一个女生不屑地哼了一声：“虚伪。”

莫鲤笑了。

莫鲤径直走过去揪住那个女生的衣领，她微微抬起下巴，表情似笑非笑的：“怎么，嫉妒啊？”

那个女生没想到莫鲤这么横，脸都吓白了。

她用手掌轻轻拍了拍那个女生的脸：“刚才是你说的虚伪吗？”

那个女生只会摇头。

“我很好奇，你们背地里插刀，表面上又装无辜，到底是我虚伪，还是你们虚伪啊？”

“莫鲤。”宿淮喊了一句。

那女生以为宿淮看不过眼，觉得她太过分，忙不迭带着哭腔说：“学长，学姐她……”

宿淮目光定定落在莫鲤身上：“时间不早了，想吃什么？”

莫鲤扭头冲他笑道：“都行。”

第八章

另一重人格想杀了她

期末考再加上元旦会演，人人忙得脚不沾地。

寒假作业早在考试前就发了下来，勤奋的同学抓紧写，拼命想在假期前做完全部作业。

大家几乎都要忘了，今天从学校离开后，就放寒假了。

还是左顾提起大家什么时候一块聚一聚，戚长璇才反应过来，元旦会演结束后，寄宿生们该收拾东西回家了。和大部分相处了一个学期的同学朋友，再度相见将是一个月后了。

她在台上的时候，就一直往陈斯圆、左顾他们坐的方向看，一切结束后，更是直接跑过去找他们。

依然没看到想看到的人。

一群人随着人群往外走，左顾嚷嚷着大伙一块去吃个饭。戚长璇心不在焉的，兴致不高。

直到陈斯圆突然停下脚步，抓住戚长璇的手臂晃了晃："七七，你快看！"

"看什么？"

李畅阴阳怪气地笑："哟，快看谁来了？"

站在出口等待的那个人，戴着熟悉的兜帽，是程逾已。

陈斯圆跟她咬耳朵："哎——看来他还是挺在意你说的话的嘛。"

心里溢满了甜，无视他们揶揄的笑，戚长璇连蹦带跳地走过去。

她故意问："你怎么来了？"

她偏头望着他笑，脸上是毫不掩饰的喜悦："是特意来看我的吗？"

程逾已不耐烦地皱眉："所以你之前让我来只是开玩笑？"

戚长璇讪笑道："当然不是。"

身后不停有人走出来，挤得戚长璇一个踉跄。程逾已抿了下唇，看不过眼，把她往自己身边一拉。

她还在旁边啰唆个不停："那你怎么不进去？"

她脸上还带着妆，嘴唇粉嘟嘟的，他的视线停顿了一秒后离开。

他"啧"一声，眼里是熟悉的烦躁："里头人太多。"

戚长璇撇嘴道："那真是可惜了，你没有看到我在台上的样子。"

他神情懒懒道："我听到了。"

程逾已人都来了，自然无条件加入他们的吃饭小分队里。除了莫鲤和宿淮不见人影了外，几个关系好的基本都来齐了。

两罐度数很低的果酒下肚，戚长璇脸蛋红扑扑的："来，为我们的友谊干杯！"

李畅说："为前程干杯！"

左顾调侃他："你有个屁前程，成绩那么烂。"

李畅投给他一个白眼："说得你成绩好一样？你懂什么，难道前程一定要和成绩挂钩吗？老子赤手空拳一样能闯出一片天地！"

大家纷纷笑起来。

一众人举起杯子，说了一圈乱七八糟的祝词，正要碰杯，四周忽然陷入一片黑暗。

李畅把杯里的雪碧一口闷，大骂出声："我去，这什么破饭店，还能停电？"

左顾出去打探了一番，沮丧地回来："不是停电，是灯泡坏了，除了我们这儿，别的房间都亮着灯呢。"

李畅郁闷了，又低声咒骂了几句："这都什么事啊，白订了一个隔音的包间。"

房间不止隔音，还没窗户，明明还没天黑，却一丝光都透不进来。

然而别的包间都订满了，现在换房间已经来不及了。

服务员站在门口不停地道歉，作为赔偿，全部菜品打八折，这才让李畅心里好受点。

修灯泡的师傅已经在过来的路上了，服务员拿着蜡烛在角落里点燃，让黑暗无端多了几分气氛。

左右菜没上，大家带了手机的掏出手机放音乐，没带手机的也不着急，和身边的人闲聊。

戚长璇伸出手朝虚空摸过去。

坐她左边的程逾已准确地抓住了她胡乱挥舞的手，他皱起眉："你干什么？"

"我想去洗手间，快快快，扶朕起来。"

程逾已借力让她站起来。

戚长璇扶着椅子走了几步，站在他身后，忽然停住。

周围很吵，左顾又在和魏靖南吵架，一点鸡毛蒜皮的小事反复拿出来说；李畅不知道哪里又惹到陈斯圆了，陈斯圆在漆黑的房间里追着他打，李畅抱头乱窜不停求饶；崔笛子则边笑边替陈斯圆加油，还有几个男生一起玩手游玩得不亦乐乎。

酒壮㞞人胆，再说戚长璇本来就不是㞞人。

她怎么想的，所有人都心知肚明。

但她怎么也想不清楚，他这么聪明的一个人，怎么会不明白？

她忽然凑近他，冲着程逾巳的后脑勺嚷嚷——“嘿，程逾巳。”

以为她又有什么事，程逾巳微微拧着眉偏过头看着她。他视力很好，很轻易就看到戚长璇含笑的眼、上翘的唇。

“嗯？”

她一把扯下他的兜帽，发尾滑过他的鼻尖，有些痒。什么柔软的东西触到他的脸颊，湿润又温暖。

那触感转瞬即逝。

很轻很低的一句话落在他耳畔，在吵闹的环境下几乎可以忽略不计，轻到低到，仿佛是一片柔软的羽毛在微风的吹拂下荡着旋落入湖泊。

但它漾起涟漪，一圈又一圈，永不停息。

戚长璇笑眯眯地坐回椅子上。

黑暗中的程逾巳面无表情，半晌，他开口：“不是要去洗手间吗？”

戚长璇摇摇头：“现在不想了。”

程逾巳站起身。

“你去哪儿？”她问。

程逾巳不适地皱着眉，捂着胸口旧伤的位置，有些心不在焉：“洗手间。”

他的身影很快远去，似乎还踉跄了一下。

戚长璇掏出手机刷了几分钟微博，打开手电筒功能扮鬼吓唬身旁的崔笛子，玩玩闹闹了十多分钟，程逾巳才回来。

身边的椅子向后拖动，他落了座。

戚长璇凑过去跟他说话："怎么去这么久？刚才他们在爆老马的料，你正好错过了，要不要我复述给你听？"

他沉默了好一会儿，忽然喊她："长璇。"

"怎么了？"

"长璇。"他再度喊她的名字，"这是哪里？"

"这是我们吃饭的……"她一顿，眼睛倏地睁大。

他的声音带了点困惑："他们是谁？"

戚长璇足足愣了好几秒才反应过来，眼前的他俨然是夜晚那重人格。

不知道为什么，知道他人格发生变化，从那个坏脾气的他变成了她口中的温柔体贴"理想型"时，她心里闪过一瞬的失落。

"他们是我们的同班同学。"戚长璇心不在焉道。

黑暗中，她抬眼打量眼前的他，觉得有些地方不太对劲。

距离黑夜还有差不多两个小时，而第二重人格却突然出现，这是从未有过的情况。

她急急起身拉着司郁往外走，边走边问："你怎么会突然出现？

那他呢？程逾已去哪儿了？”

司郁任由她拉着，他低低笑了一声：“这都要感谢你。”

戚长璇困惑道：“感谢我什么？”

两人在包房外站定，外头灯火通明，司郁的笑容一如往昔，却没由来地让戚长璇心一沉，她又问：“程逾已到底去哪儿了？”

司郁答非所问：“你喜欢我？又或者说，你喜欢另一个我，是不是？”

他问得很直白。

不知道为什么，面对这个他，她下意识就摇头否认。

“或许他察觉不出来，”他很温柔地拢了拢她的头发，“但我能感觉到，所以我才拥有了足够的力量。”

她又惊又疑的神情被他尽收眼底。

“你还不明白吗？不论是那个我，还是这个我，目标一直是你，我们总会不期而遇，这是冥冥之中注定好的宿命。他不自觉地想靠近你，所以我也会靠近你。他就是我，我就是他，我的所思所想，就是他的所思所想。”

戚长璇根本听不懂他在说什么，她摇摇头觉得自己像在做梦：“你不是说过，你们拥有完全不同的记忆吗？他完全不知道你经历了什么，你也完全不清楚他身上发生的事。”

“对，人格分裂以后是这样，但另一个他，缺失了一段过去的记忆。”

“什么记忆？”

司郁弯唇一笑，不打算回答这个问题：“原本我以为以他的脾气根本不可能讨到你的欢心，但没想到……

“多亏了他缺失这段记忆，才会任由自己靠近你。因为他根本不知道，唯有你，可以让我夺回这具身体的主导权。”

“什么意思？”戚长璇一头雾水，“我有做什么吗？”

他仍又耐心解释：“我无法强迫你，必须是你自愿的。我们越是亲密，他便越是无法束缚我。”

“我？”

戚长璇想不明白，是她反应变迟钝了吗？怎么喝了两罐度数很低的果酒后，整个世界就围着她转了？

“可前几次见面，你明明越来越虚弱了。”

“如果我不这样，你怎么会放下警惕，让我可以接近你？”

他的兜帽自被她摘了后便没有再戴上，英俊得过分的脸毫无保留地展露出来，但他此刻的神情，让她觉得无比陌生。

她向后退一步：“我为什么要放下警惕？”

她忽地想起之前程逾巳对她说过的话。

——“敢一个人大晚上去我家，胆子可真大，你就不怕我做出什么不好的事？”

——“我可不确定我会做什么。”

他会做什么？

戚长璇下意识地想走进包间，可他动作比她更快，他把虚掩的门关上，手指拂过她纤细的脖颈，眼眸深邃令人不寒而栗。

他笑道：“你跑什么？”

戚长璇鸡皮疙瘩起了一身，勉强笑了笑：“别开玩笑了……”

话还没说完，她就被他扼住了喉咙，他慢条斯理地说：“我没有在开玩笑。”

戚长璇惊恐地抓住他的手试图挣脱：“你……干……什么？”

他微笑着，丝毫不在意她的挣扎，答得轻描淡写：“杀你啊。”

“光天化日……”

“光天化日之下，程遒已掐死了戚长璇，该负责的是他，不是吗？他之前把我锁在黑夜，就是不想我被人看到。之前我什么都做不了，是因为他是这具身体的主控者，所以我无法伤人。现在束缚已经解除，他已经阻止不了我了。而解开这一切的钥匙，就是你。”

他的手指越收越紧，戚长璇呼吸困难，视线下意识地落在他手背上，很久之前的牙印居然还残留着一个很浅的印子，为什么那个印子还没消失？

她大脑渐渐缺氧：“为什么……你明明……保护了我那么

多次……”

他笑容诡谲，隐隐陷入癫狂：“那是这具身体的下意识反应，是他缺失的记忆在扰乱他的行为，所以他才对你身边潜在的危险很敏感。你难道没有发现，他根本感知不到别人对他的关心和爱护，永远待人冷冰冰的，一直独来独往吗？”

他压低嗓音，似在呢喃：“你不会真的以为，程逾白喜欢你不成？”

戚长璇说不出话来。

他一寸寸加重手指的力气，柔声安抚：“你乖一点，就不会痛了。”

一门之隔，一明一暗。

他们在明处，而热闹在暗处。

里头人在大声说话：“戚长璇人呢？班长，班长你在哪儿啊？我游戏要输了，快来助我一臂之力！”

“得了吧，七七才不玩这种没难度的手游……哎，等等，七七刚刚不还在这儿吗？”

“她是出去了吗？程逾白也不在。”

“那他们大概在一块吧。”

……

戚长璇忍不住想，要是现在有人突然打开门，会怎样？

恍惚间，她脑海里跑马灯般，飞快地闪过一些零碎的画面。

是一个娇俏的女声在说话：“放心吧，我会保护你的，没有人可以伤害你。”

“那你呢？”

“我？”这个问题显然把她问住了，她思索了一会儿才笑着说，“我当然不会伤害你呀。”

“你保证？”

“我保证！”说着，她笑嘻嘻掐住面前少年的脸颊，“你真可爱！”

她笑眯眯说：“这样，我给你取一个名字吧？”

……

“不如叫……”

……

“戚长璇！”

迷迷糊糊间，仿佛有人在喊她的名字。

听声音好像是莫鲤，但她根本睁不开眼睛。

再然后，她生生昏了过去，再也顾忌不了这么多。

她又做了一个梦。

她甚至有些分不清，这到底是梦，还是现实？

因为她这段时间反复梦到的，似乎是同样两个人。

她一会儿是一道游魂冷眼旁观周遭发生的一切，一会儿是故事里的女主角——

那个突然出现的少年在少女的陪伴下日渐活泼，他们一起幸福地相处了很多年。

直到……少女将一柄长剑刺进了少年的胸膛。

他满眼伤痛，不敢置信。

而她踉踉跄跄跑开。

她甚至能真情实感地感受到，梦里的少女，无尽的悲哀。

醒来时，她躺在一张很大的床上。

她缓了很久，才意识到这才是现实。

窗边，背对着她站着一个人。

现在是夜晚。

戚长璇往后一缩，拿被子把自己整个包裹住。

他注意到她的动静，转过身来。他双手插着兜，看起来有些疲惫。

“是我。”

戚长璇还是警惕地看着他。

他不耐烦地扯了下嘴角：“把你看神经病一样的眼神收起来。”

戚长璇：“……”

这下她确定了，眼前的人的的确确就是她熟悉的程逾巳。

明明是一如既往凉到没有温度的眼神，她却莫名心里一暖。

他要是深情款款说出“是我，我回来了”之类的话，那就真是见鬼了。

戚长璇舒口气，这才得空低头检查了一下自己的衣服，很好，都很完整。

他似乎看懂了她的意图，满脸嫌弃："你是在贬低我的审美吗？"

戚长璇轻哼一声："觊觎本美少女的人多了去了，我怎么知道你是不是其中一个？"

说完她一怔，她嗓子嘶哑得厉害。

对着搁在床头柜上的镜子照了照脖子，脖子上没有指印，但痛感还在，刚才发生的并不是一场梦。

"刚才是怎么回事？"她问。

"是宿淮和莫鲤正好赶了过来。"

"可我们就这样出来了，左顾、陈斯圆他们……"

"宿淮会跟他们解释。"

她冷静了一下，才接受这个结论——一重人格保护了她那么多次，另一重人格却想杀了她。

真是诡异又荒谬。

戚长璇还是很迷惑。

"不对，我是问，另外那个你是怎么回事？"她摸摸脖子，一阵后怕，"现在是晚上，你不会又变成那副样子吧？"

程逾白顿了一下，在床边坐下，看着她，没说话。

“现在他去哪儿了？不会又突然冒出来吧？”

“暂时被我压制了。”

戚长璇泄气道：“好吧。”

程逾白说：“宿淮很了解我，他知道怎么把这个我唤醒。如果任由事态发展下去，后果将不堪设想。”

“我会怎样？”

程逾白看着她不说话。

看他的表情，戚长璇已经可以猜出来了。

她会死。

那个温柔体贴的他，会毫不留情地结束她的生命。

这么一想，眼前的他好像也没那么讨人厌了，至少她的人身安全是可以保障了。

于是，她问：“你和宿淮到底是什么关系？还有，另外那个你，说你缺失了一段记忆，是怎么回事？”

程逾白还是不说话。

戚长璇急了，几乎想晃着他的肩膀让他清醒一点：“现在都什么时候了？你想杀我，我都没权利知道原因吗？他跟我说，是因为我，所以解开了对他的束缚的。”

程逾白有些惊讶，半眯着眼盯着她看了半晌，才说：“我不知道那段记忆是什么，我只记得我来地球之前的事情。再然后，我昏迷了很久，醒来见到的第一个人就是宿淮。”

他眼里闪过一瞬的迷惘，然后才接着说：“宿淮帮了我很多，是他教会我如何在地球上生活的。我也是从宿淮口里知道，我分裂成了两个人格，另一重人格内心装满仇恨。之前一直找不到变成这样的原因，现在看来，那段记忆与你有关。”

他来这个星球前，所有的记忆都分裂到了另一个人格身上。他在这个世界上，就是一具行尸走肉罢了。

他看了她一眼：“他的仇恨，便是属于我的仇恨。”

戚长璇也沉默了。

他不知道那段记忆是什么，他也不知道为什么他会想杀她，丢失一段记忆无疑是痛苦的。

可到底，为什么会与她有关呢？

她十七年来，从未见过程逾巳……

难不成，是上一辈或者上上辈的恩怨？

她的父母伤害虐待过程逾巳，或者她的爷爷奶奶辈伤害虐待过程逾巳？如果真是父债子偿的话，那她无话可说。

“你是什么时候来的地球？”

“一千年前。”

“……”

好吧，如果真的是上上上辈子的恩怨，那程逾巳未免太记仇了些。

或许他也是恨她的，他也是希望她去死的。

如果他找回了记忆会怎样呢？

见戚长璇眼神越来越古怪，程逾巳凉凉白了她一眼，语带嘲讽毫不客气：“我对杀死一个普通、平凡又乏味的人没兴趣。”

戚长璇陷入沉思：“那到底为什么……他会想杀我？”

程逾巳扫她一眼，嘲弄道：“我也很奇怪，你不就是个普通、平凡又乏味的人吗？”

戚长璇：“……”

凝重的气氛一下子被打破，面对他反复强调自己是普通、平凡又乏味的人，戚长璇简直要气笑了，果断反唇相讥：“对，我是普通平凡又乏味的人，不像你，坏脾气的外星人！”

说完，她沉重的心情好转了不少。

她抬头才发现程逾巳在笑。

戚长璇从床上爬起来，还是气哼哼的：“你们星球的人不会都是你这样的脾气吧？”

“你们地球人都这么乏味？”

戚长璇指着自己的鼻子：“我可是全天底下最有趣的地球人好不好！陈斯圆、崔笛子每次都能被我说的笑话逗笑，我朋友一大堆，个个都很喜欢我。”

程逾巳懒得打击她莫名其妙的自信心。

两人在阳台上并肩而立，看着楼下车水马龙的繁华景象。

她双手撑着下巴：“其实也是，你是不是经常会觉得我们人类很奇怪？”

“没有。”他否认得很快。

戚长璇感慨：“怎么会没有？人类啊，终日忙忙碌碌，为了梦想，为了生存，为了各式各样的理由朝九晚五辛苦一辈子。但最后，总归是要入土的。”

程逾巳说：“是每时每刻都觉得。”

“……”

好吧，她不该和程逾巳讨论这么深刻的问题。

“不管怎么说，我就是这些奇怪的人类中的一分子，以后也会这样，日复一日，年复一年，为了实现某个目标而持续不断地追逐向前，直至死亡。”她朝程逾巳摊开手，说，“你看，我居住的星球叫地球，它有适宜的温度，赖以生存的阳光、空气和水；它有数不清的绝美风光，长城、埃及金字塔、狮身人面像、泰姬陵、维多利亚瀑布、威斯尼水城、土耳其海峡、夏威夷群岛，还有数不清的绿树和鲜花。我们人类和许多叫得出名字或叫不出名字的生物一起生活在这里，它很美。”

她望向他："那你呢？你居住的星球叫什么名字，它是什么样的？"

程逾巳没说话，只是望着楼下出神。

她问："可以指给我看吗？"一抬头才发现今晚黑云沉沉，别说星星，连月亮都没影。

戚长璇遗憾道："看来今天是看不到了。"

程逾巳侧头看了她一会儿，忽地一笑。他伸手捂住她的眼睛，他的手掌一如既往的很凉，但在触到她的眼睛那一刻开始，慢慢变暖。

他低喃："在那儿。"

她怔住。

"我的母星，在我的记忆里。"

她看到了这辈子都见不到的美丽景色。

高山叠起，雾霭连绵，大雪纷飞不绝。天空是金色的，透明的建筑拔地而起。

戚长璇情不自禁喃喃："宇宙这么大，而我们这么渺小。"

她问程逾巳："你还打算回去吗？"

程逾巳收回手："在没有恢复正常之前，我回不去。"

"哦。"

戚长璇眨眨眼睛偷笑："那……你有考虑过以后长期在地球上生活吗？"

程逾已表情有些微妙："你想说什么？"

戚长璇别开眼，趴在栏杆上，摇头晃脑："我想说……其实你可以一直留在这儿啊，然后找个地球女子结婚生子什么的。"

他否认了这个说法："不符合星际法律。"

"你现在在地球，符合地球法就行啊。地球上又没有明文规定，地球人不许和外星人在一起。"

她眼珠子骨碌骨碌转，想了想，一本正经地说："没有谁和谁天生就不般配，你是别的星球上的人又怎么样？说不定以后还能生个混血宝宝……啊，不对，混'球'……啊，也不对，唉！管他呢，总之，这是促进星球与星球和谐，促进宇宙共同进步的大好事！"

程逾已脸上没什么表情，像在思索。

半晌，他才勾唇低笑一声，似在揶揄："和你吗？"

"戚长璇！"

"班长，我们在这儿！"

戚长璇思绪被拉走，她往楼下一看，居然是陈斯圆、左顾他们几个在喊她。宿淮和莫鲤也在，他们的关系似乎有所好转，正在说话。

戚长璇简直想找条地缝钻进去。

她焦急地问程逾已："他们怎么会在这儿？"

程逾已不以为然，慢吞吞地说："这酒店就在吃饭的饭馆对面，他们不在这儿在哪儿？"

“你怎么带我来这儿了？”

他满脸漠然，并不觉得自己造成了难以挽回的误会：“你这么重，难道我还抱着你去很远的地方吗？”

“你你你……我真是被你害死了！”

她收起尴尬，冲他们用力挥了挥手回应：“嗨！”

打完招呼，她偏头看着程逾巳的侧脸，回想起他刚才的话，她脸一烧——

也……也不是不可以。

楼下，左顾惊了，他揉了揉眼睛，不敢置信道：“我去，那真是戚长璇啊？我看着像，随口一喊，还好我没骂她。”

李畅把手臂搭在他肩膀上：“我说他们人怎么不见了，进展可真快哟。”

陈斯圆拿吸管戳开路边买的奶茶：“美色误人啊，还是美食能使我快乐。”

李畅瞄她一眼，说：“你最近起码快乐了十斤了吧？”

陈斯圆恼羞成怒道：“关你什么事，你管我？”

“好好好，不关我的事，我不说了，行了吧？”

……

这个夜晚发生了很多很多事。

从生死一线到死里逃生，仿佛只是一瞬，又仿佛度过了漫长的千年。

他身上的全部谜团，好像都与她有关系。

他很好奇，她同样好奇。

他在寻找真相，而她也被迫必须知晓真相，因为那真相关系着她的生死。

黑暗中，除了无法言喻的恐惧外，似乎还有别的什么情愫在悄然滋生。

第二天，戚长璇便被父母接去了国外过年。

外公外婆也一块去了。

果不其然，外公向她父母告了状，她被狠狠批了一顿。这么重要的事情居然都不告诉家里，真是无法无天了。要是真出了什么意外，哭都来不及。

于是，整整一个寒假，父母都不允许她私自外出，连手机都被收缴了，只有偶尔看她乖巧才把手机给她玩半个小时。

这个寒假里，戚长璇唯一联系的人是莫鲤，左右瞒不过她了，戚长璇只好把自己知道的通通告诉了莫鲤。

挂断电话后，莫鲤表情更加凝重，想起那天看到的可怕景象，她就后怕。戚长璇心大，觉得程逾巳一定不会伤害她，她莫名其妙就很信任他。

但谁知道他会不会又变成那副样子呢？光是想一想就觉得毛骨悚然。

莫鲤问面前的宿淮："他不会再伤害七七了吧？"

宿淮脱下围裙，摆好碗筷，在她对面坐下。

莫鲤耐着性子看他忙完，问："我来找你，只是想知道程逾巳的事。"

"我知道。"他一顿，笑了笑，"先吃饭吧，你难得主动找我一次，菜凉了就不好吃了。"

众人心目中高高在上的宿淮男神，为她一人，洗手做羹汤。

莫鲤还是没有心思吃饭："我担心七七有危险。"

"我懂。"宿淮说，"来，尝尝鸡汤，我炖了很久。"

莫鲤"啪"地把筷子搁下："我没有在跟你开玩笑。"

宿淮笑容收了收，不容抗拒地拿过她的碗，给她盛了满满一碗："我知道你急，但急没有任何用处，你需要冷静下来。"

莫鲤觉得自己根本冷静不下来，她自己的事情本就乱成一团，现在戚长璇又出了事。

她的人生很糟，她不想戚长璇光鲜的人生也变得跟自己的一样糟。

莫鲤说："你永远无法百分之百地了解一个人，更何况……他是个外星人。"

"他不会伤害戚长璇。"

"你保证？"

宿淮笑了："莫鲤，如果你是让我保证一辈子不变心，我会更高兴。"

莫鲤猛地喝了一口鸡汤，装没听见。

宿淮看着她将碗里的鸡汤喝干净了，又给她添了一碗，边添边说："我保证。"

莫鲤下意识地反问："你保证什么？"

宿淮一愣，情不自禁地弯唇："我说，我保证他不会伤害戚长璇。"

他拿起旁边干净的筷子，给她夹了菜："怎么，你以为我是在保证一辈子不变心吗？"

莫鲤否认："我没这么想。"

他又笑道："我保证。"

宿淮厨艺很好。

父母长期不在家，他不像戚长璇那样天天在饭店吃饭，而是自己在家做。

简单的两菜一汤，色香味俱全。

他成绩好、性格好、厨艺也好，可以说是很完美，像他这样的人，应该要同样优秀的人才能般配。

莫鲤有些出神。

忽然，宿淮开口问她："对了，你打算考哪所大学？"

"我们才高二，现在说这个也太早了吧？再说了——"莫鲤拿筷子不停搅动碗里的鸡汤，觉得空调温度调太高了，脸有些热，"你肯定会去重点大学吧？"

"对。"他坦坦荡荡地承认。

莫鲤推开碗道："我吃饱了。"

他抬眸看着她："所以你打算考哪里？"

"我这种成绩，去哪里都没差别的吧？"

"当然有差别，"宿淮认真地看着她，"离我近或者离我远，又或者在我身边。"

她眉头很紧地皱着，不肯承认刚才那一瞬的心烦意乱："再说吧。"

"如果你有困难的话，可以随时来找我。不管是学习上还是生活上，我都会倾尽所能。"一顿，他笑意加深，"我保证。"

一顿饭吃得莫鲤一颗心七上八下。

她实在不习惯自己和宿淮和和睦睦相处的样子，找了个借口赶紧离开了。

送她上了出租车，宿淮才往回走。

他自认识程逾巳起至今，不过短短两年。

两年前，他和父母在乡下爷爷家为爷爷祝寿，他一个人上了人迹罕至的后山想采些果子，结果迷了路。

就是那时候，宿淮看到了程逾巳，他浑身是血，穿着明显不是这个时代的服饰。他失魂落魄，神情迷惘，说着文绉绉的、不是很现代化的词汇。

是程逾巳带他走出后山的。

相应地，宿淮为了回报程逾巳，想着带程逾巳慢慢融入社会，再加上，程逾巳全身穿戴昂贵，金银首饰卖了个好价钱，足以让他过衣食无忧的生活。

程逾巳学习能力很强，很快就掌握了现代语言以及各种生活技能。

他本想替程逾巳找所学校就读，程逾巳看起来最多不过二十岁，不与外界接触未免怪异。但程逾巳除了愿意和他说话外，很排斥和其他人类接触。初中升了高中，宿淮要从入学要求严苛的市一中转去启风学校，他才同意跟自己一块去上学，只是没想到没有分到一个班。

关于程逾巳的出身和经历，以及双重人格，种种奇妙之处，他花了两年时间才慢慢消化和接受。

而戚长璇居然这么快就能接受，也让宿淮觉得不可思议。

更让宿淮觉得不可思议的是，排斥接触别人的程逾巳，虽然口头上嫌弃戚长璇，可实际上一直很关注她，他保护了她那么多次。

可能程逾巳自己也不清楚为什么，但这大概也是另一重人格想杀死戚长璇的原因之一。

而他之所以能在危急时刻唤醒程逾巳，不过是冲程逾巳喊了一句“你看清楚，她是戚长璇”，程逾巳便自己清醒了。

所以，他相信程逾巳足够强大，可以抵抗阴暗的那重人格。

戚长璇是谜团，她也是钥匙。

宿淮敢肯定——

程逾巳，永永远远不会伤害戚长璇。

程逾巳披着宽松的浴袍倚在厨房门边，看着宿淮把外套挂在衣架上，走进来。

他懒散地问：“说完了？”

“嗯。”

“莫鲤来问我的事？”

宿淮解释：“她是关心你。”

程逾巳敷衍地点点头，不置可否，他毫不关心她的目的是什么。

宿淮说：“下次该给你配把钥匙，免得你老是翻窗进来。”

程逾巳笑了笑：“家里停水，来借个浴室。”

宿淮瞟他一眼，随口一问：“你胸口上那道伤疤到底怎么回事？”

程逾巳微微一怔，低头看了眼伤疤：“是道旧伤，可能是刚来地球的时候不小心受的伤。"

"嗯，"宿淮皱了下眉，"你也太不小心了。"

那道伤口在心口的位置，看起来是一道贯穿伤。

程逾巳他们星球的人天生灵敏，体能爆发力、感知危险的能力，各方面都很优异。

究竟是谁，可以近他的身，在他毫无防备的时候刺伤他呢？

身体素质异于常人的他，按理伤口很快就会痊愈才对，可偏偏一直留着疤。

又或者说……他是心甘情愿被刺的。

宿淮打开冰箱，从里头翻出一个梨，丢到程逾巳怀里："你到底为什么爱吃梨？"

除了梨子外，程逾巳吃什么吐什么，其余水果都不管用，嘴刁得不行，导致他家里也存了不少梨。

"说不上爱吃。"程逾巳仔细端详着手里这个梨，"可能是我的胃已经习惯了。"

宿淮无奈道："真不明白你是怎么靠梨活下来的。"

程逾巳淡笑："要饿死，早死了。"

宿淮把碗筷拿进厨房："接下来你有什么打算？"

"顺其自然。"

“顺其自然？你就不怕他再突然冒出来？”

程逾巳神情淡淡道：“他不会再伤害她。”

宿淮了然：“你一直锁着他，只会让你自己的身体受到损害，而且，”他一顿，“物极必反这个道理你是知道的。”

“嗯。”程逾巳无所谓地点点头，三两口解决了这个梨。这个味道他依然不喜欢，但不知道为什么，身体可以接受它。

梨子、旧伤、戚长璇、双重人格。

这一切的一切，都是谜团，他翻阅了那么多一千年前的资料，却还是找不到答案。

或许，只能从自身找。

宿淮打开水龙头，回头看程逾巳一眼：“有空发呆，不如来帮我洗碗。”

程逾巳把手插进兜里，摆摆手转身：“走了。”

第九章

我会让你回家

假期结束。

一开学，便是家长会。

一群同学朋友好不容易聚在一起，有说不完的话。

戚长璇踮起脚，跟黑了几个度的左顾对比了一下身高，她气恼地说：“你怎么又长个儿了？”

左顾贱贱地咧嘴笑，露出一口白牙：“我也很无奈啊。”

戚长璇白了他一眼，扭头冲左顾的妈妈笑：“阿姨，好久不见，您又年轻了不少。”

左顾妈妈笑逐颜开：“长璇啊，你嘴还是这么甜，爸爸妈妈今天过来了吗？”

“他们等会儿就到。”

“还是你懂事，让人省心，不像我们家左顾，天天就知道玩，成绩一直原地踏步，也不知道向你学学。”

……

左顾吐了吐舌头，赶在被妈妈抓着骂之前，一溜烟跑到教室后面去了。

教室里热热闹闹的，只有程逾巳身边一个人都没有。

他也无所谓，一手撑着头一手转着笔发呆。

虽然时间难熬，但不论在哪里都是一样的，既然都难熬，不如随遇而安。

“嘿！”

一个身影带着一阵风倏地冲到程逾巳课桌边，打断了他的沉思。

“好久不见，一直忘了说，新年快乐。”戚长璇笑眯眯地看着他。

她头上戴着毛茸茸的毛线帽，长长的头发乖巧地别在耳后。也许是跟着父母住，伙食好的缘故，她的脸圆了几分，更加娇俏可爱。

她扭过头去，说道：“爸妈，忘了跟你们介绍了，这是我的后桌——程逾巳。”

没想到她突然把自己介绍给家长认识，程逾巳有一瞬的愣怔。

怕程逾巳在自己父母面前不礼貌，戚长璇偷偷扯了扯他的衣袖，低声提醒他：“快站起来啊。”

程逾巳站起身，很轻地点了下头，权当打招呼了。

戚长璇急急解释：“他性格比较闷，没有不礼貌的意思。”她热络地说，“他人可好啦，不论是学习上，还是生活上，都——”

戚长璇一顿，觉得自己太过夸大了，赶紧找补：“对了，上次小混混欺负我，就是他救了我。要不是他，你们的女儿我，还不知道会遭遇什么不测呢。”

第一次听戚长璇说起那日除了她外还有别人在场，戚长璇的父母又惊又疑。

他们拉着程逾巳问个不停，程逾巳迫不得已，只好耐着性子答复他们。

她还是第一次看到一向处变不惊的程逾巳无所适从的样子。

戚长璇不禁捂嘴偷笑。

终于，两分钟过后，程逾巳从水深火热中解脱了。

所有的家长在八点要准时在礼堂开年级会议。

家长们一走，教室的气氛顿时松懈下来。

李畅伸了个大大的懒腰，刚才他爸拉着他几乎跟全班同学的家长都道了歉，无非是拿一些他调皮捣蛋的陈年旧事翻来覆去没完没了地说，他赔笑赔得脸都要僵了。

陈斯圆从后面绕过去找戚长璇说话，李畅余光一扫，伸出长腿，险些把她绊倒。

陈斯圆怒道："你干什么？"

"没干什么啊，"李畅一脸无辜，"腿长怪我咯？"

陈斯圆正要掐他，忽然想起什么，掐人的动作变成了推搡："哎，刚才你看到我妈怎么扭扭捏捏的，这可不像你啊。"

他不自在地轻哼一声："你懂个毛线。"

陈斯圆和他呛："我哪里不懂了？我不止懂毛线，还懂织毛线、拆毛线。"

李畅一噎，只好说："老子这辈子怕三样东西，一怕老师，二怕家长，不行啊？"

"那三呢？"

"三……"李畅嘟嘟囔囔，烦躁得不得了，一咬牙一闭眼，还是说，"三怕老婆行了吧？"

陈斯圆扑哧笑出声："说得你有老婆一样。"

"迟早会有啊。"

陈斯圆上下打量他，嫌弃地说："我看不一定。"

"陈斯圆，你说话能不能好听点，如果我没老婆就赖你！"

另一头，戚长璇小心翼翼地戳了戳程逾巳的手臂，见他不耐烦地抬眼，她笑开："开学之前，我还在猜，你有可能不来上学了。"

他反问："为什么不来？"

"总之，来了就好。"

他淡淡问了一句："有什么好？"

戚长璇顿了一下，想起司郁说过，他根本感知不到关心和爱护。

他之所以这么问，其实并没有撩她的意思，而是真的不知道。

她笑道："我就可以继续蹂躏你，天天逼你交作业啊，催着你成绩进步啊。"

他挑了挑眉，嘲弄："你还真是不死心。"

"那当然，不到黄河心不死嘛。"

"这句话是这么用的吗？"

"嘿嘿，总之你等着迎接新学期的暴风骤雨吧！"思来想去，好像没有什么可以威胁到他的话，她又道，"我可是很严厉的，你要再接再厉才行。"

在学校礼堂开完年级会议后，家长们返回各个教室开班级会议。

老马在查看了花名册上的家长签到后，环顾整个教室，问："程逾巳同学的家长呢？没有来吗？"

全场沉默。

程逾巳无所谓，头都懒得抬一下，他做好了家长会结束被老马问话的准备。老马知道他没有父母，但自然不可能知道得太具体，家里连个亲戚都没有，怎么也说不过去。

这是启风学校第一次召开家长会，学校很看重，早早就下了通知，所有同学的家长务必到场。

“马老师！”戚长璇举起手来。

“程逾巳的家长来了，”她指了指坐在自己身旁的父母，笑吟吟地说，“我爸妈就是程逾巳同学的家长。”

程逾巳惊讶。

戚长璇的父母却一点都不意外，他们明显是知情的，又或者是他们授意的。

戚长璇爸爸转头冲程逾巳慈爱地笑了笑：“放心吧，孩子，你是长璇的朋友，还帮助过长璇，你叫我一声叔叔，我自然有责任照顾你。”

戚长璇的父母是启风学校的股东，他们都这么说了，老马自然不会说二话。

程逾巳却觉得这种感觉很微妙。

虽然他看起来年轻，但按年龄来说，不知道比他们大了多少轮，可他们真心把他当成小孩。

他垂着眼半晌没动静，不知过了多久，才微微挑唇。

下午的自习课上，老马取消了上学期制定的辅导任务。

老马对戚长璇寄予厚望，再加上程逾巳成绩的确有所提升，老马已经很满意了，没必要再耗费她的宝贵时间了。

高中阶段，时间就是生命，每度过一天，就离决定大部分人命运的高考更近一步。

日子过得紧巴巴的，老师们一刻都不敢放松，他们恨不能把自己知道的知识全部塞进学生们的脑子里。

只可惜，可以完全接纳的，只有包括戚长璇在内的寥寥数人。

同学们也感受到了这紧张的气氛，虽然现在才高二，但他们是启风学校第一批迎接高考的学子，等到真正高三的时候，会开启第一轮、第二轮、第三轮的复习。

时间不等人。

戚长璇任务更加繁重了，她和宿淮时不时就要在年级主任办公室聚一回。

但她还是会抽空去网吧打把游戏放松放松，偶尔也会趁老马不在学校的时候，跟着莫鲤翘掉晚自习。

走出年级主任办公室后，戚长璇摇晃脑袋整理了一下刚才年级主任灌输的理念。她和宿淮代表着学校的颜面，他们的成绩以及以后选择的大学，必须起到激励学弟学妹的作用。

宿淮问戚长璇："你打算考那所学校？"

"我啊，还没想好，"戚长璇随意惯了，过好今天，明天的事明天再说，"哪儿都行。"

他问得直接："莫鲤会跟你一起吗？"

他这么一问，戚长璇倒是想起来了，莫鲤有舞蹈的底子在，完全可以报特长班。只要莫鲤再稍微努力一点，努力提高文化成绩，说不定他们真的可以上同一所大学。

戚长璇懂他的意思，笑着说："莫鲤是我最好的朋友之一，她的去向我肯定是第一个知道的，放心吧。"

回到教室，程逾已正在睡觉。

今天轮到他值日。

临上课铃响还差两分钟，他还没有上台擦黑板的意思，还是一直伏在桌子上。自早上过来，他就一直在睡，好像很疲惫，精神不是很好。

看着黑板上密密麻麻的笔记，戚长璇有些发愁。

戚长璇转过去推了推他的胳膊："天亮了，起床了，太阳晒屁股了。"

他没动静。

她伸出一根手指戳了戳他的鼻子："你这样会挨骂的，等会儿可是英语老师的课。"

他还是没动静。

知道他没那么容易喊动，她继续骚扰他："你不会是想偷懒，等着本田螺姑娘替你擦吧？"

他眼睫颤了颤，终于睁开眼。

他盯着她看了几秒，看得戚长璇开始不自在时，他眉头舒展开。

“长璇？”他温和地喊她的名字。

听到这个称呼，戚长璇一愣，吓得冷汗都冒出来。

自开学后，除了偶尔走神精神不集中外，他和原来没什么两样，戚长璇以为他已经稳定下来了。她乖觉地不再在晚上去找他，那天的事情她也不再去想。

关于司郁为什么这么恨她，恨到想杀死她，他们都心照不宣地保持沉默。

可懒散淡漠如程逾已，从没有这样喊过她的名字，会喊这个名字的，只会是另一个他。

想起那天他恐怖的眼神，她身体下意识微微颤抖，全身汗毛直立，说不怕死，那是假的。

众目睽睽之下，他应该不会怎么样才对。

她强迫自己镇定下来，这才接着话茬继续说：“今天你值日，轮到你擦黑板，快去吧。”

他轻轻颔首，听她的话起身去擦黑板。

她脑子里乱成一团，害怕他会再次伤害自己，也怕其余同学发现异常。

旁边的崔笛子想找戚长璇借一块橡皮，正好注意到戚长璇反常的神色。

“七七，你脸怎么这么白？”

戚长璇勉强笑了笑："没事，可能是天太热了。"

"热吗？"崔笛子一脸蒙，探头看向窗外。

"现在不是春天吗？"

接下来的英语课上，戚长璇一直神不守舍，今天莫鲤没来上课，戚长璇也无法和其他人聊这些。

英语老师布置完随堂作业，她才勉强打起精神来转过去和司郁交流。

见她态度消极，司郁拧了拧眉头，拿笔尖戳了戳她的脸颊："长璇，你怎么了？"

戚长璇警惕地往后一缩，避开他的接触。

司郁更加愣怔。

意识到自己反应过激，她冲司郁笑了笑，手中拿着的笔无意识地在作业本上画圈："你忘了吗？那天发生的事？"

见他还是迷惑，她提醒："那天，在饭馆里。"

他愣了一下，苦恼又歉疚："我不记得了，我有说什么，做什么吗？如果我做了什么不好的事情，请原谅，我一定不是故意的。"

见戚长璇不说话了，司郁继续解释："你也知道，我有双重人格，我和另一重一直不对付。如果是他想要陷害我，那我也无话可说。"他很真诚，"你指责我，我可以理解，毕竟他就是我，我就是他。"

戚长璇仔细看着他表情的细微变化，她松了一口气："我就说嘛，你怎么可能会干出伤害我的事来？”

司郁微笑：“谢谢你。”

“既然你出现了，那程逾已去哪儿了？”

司郁若有所思，他好奇地拿起桌上的一支自动铅笔把玩，语带笑意：“我也不知道。”

戚长璇心一沉。

他审视着她的表情：“相比我，你更喜欢他一些？”

戚长璇摇头撇嘴：“他脾气那么差，我巴不得他不在。”她面不改色道，“你比他好多了。”

司郁笑了。

英语老师返回教室，慢吞吞喝了口搁在讲台上的保温杯里的水，开始催促小组长收作业。

戚长璇转回去之前不忘叮咛他一句：“你小心点，平时都是他在这儿，别露馅了。”

转回去的瞬间，她带笑的眼重新恢复沉寂。她暗暗咬牙，庆幸自己躲过一劫。

她不知道他为什么矢口否认那一切，他是想重新获取她的信任吗？

不管怎么说——

他的话，她一个字也不信。

他很细心，下了课后，看到戚长璇桌上水杯没水了便主动帮她去打水。

戚长璇非常清楚司郁与程逾巳性格不同，可落在其他同学眼里，委实很诡异。

他刚刚靠近饮水机，在他前面接水的女生正好转过身来，未料到身后有人，一杯滚烫的热水大半泼在了司郁身上。

想起他平日里阴沉的脸色，那个女生脸都吓白了。

司郁目光也随之落到衣服上，校服衣袖湿了一大块，湿漉漉的地方正冒着热气。

那个女生忙不迭跟他道歉："对不起，对不起，我不是故意的，我……我这就……"

"没关系。"

"我……这就拿纸巾来擦。"

她讷讷看着一反常态的"程逾巳"，一时反应不过来："啊？"

司郁关切地问："你没事吧？水这么烫，受伤就不好了。"

"我我我……我没事。"

那个女生边往自己座位走，边回头看他，兀自喃喃着："我没在做梦吧？"

目睹这一切的戚长璇忍不住扶额。

接下来的几个小时里。

他去哪儿，她都跟着。他去厕所，她都在男厕所外面守着，还时不时警惕地四处观望，俨然像他的小跟班。

班里同学跟他说话，她也会快速冲过来打断。

她这种行为，看得李畅莫名其妙。

“喂，我说，”李畅凑过去和戚长璇说悄悄话，“你也别太那什么了啊。”

“那什么？”戚长璇莫名其妙，退开半米远，“有事说事，你搞那么神神秘秘干什么？”

李畅无语地翻了个白眼：“我知道你们女生嫉妒心强、占有欲强，一旦在一起就想时时刻刻黏着，但你总守着他，也不是个办法啊。”

这下轮到戚长璇翻白眼了：“你有毛病吧？”

李畅不敢置信地指着自己：“我有毛病？”

“你脑子里能不能不装那么多废料？”戚长璇嫌弃，“今天他嗓子不太好，不宜多说话，我是他的发言人，就这么简单。”

李畅吃了瘪，讪讪走开：“不听畅哥言，吃亏在眼前。”

上午的课程全部结束。

以往中午戚长璇都是出校门和莫鲤、陈斯圆在校外随便找家饭馆吃饭，等到午休结束，校门打开，她才进来。

程逾已则不同，他不用吃饭，虽然偶尔会出去一趟，但大部分时间都待在教室里。

她决定今天中午拉着司郁去食堂吃，必须让他时时刻刻待在自己的视线里。

好在这学期食堂新换了一批厨师，口味和外头的差不多，她偶尔吃一回，倒也没闹肚子。

但没想到刚一打下课铃，就有高一的学妹来找程逾巳。

虽然一开始让他戴兜帽纯属戚长璇一时兴起，而他行事随心所欲，让他戴他就戴着，懒得更改。

但一个人的外貌究竟如何，相处久了总归会被发现。

他性格脾气差，班里女生即便春心萌动也没这个胆子和他说话，但偶尔还是会有外班的女生不怕死来递情书。

程逾巳从来不理会，他连戚长璇都爱理不理，更加不会多看她们一眼。

戚长璇眼睁睁看着“程逾巳”走了出去。

司郁在那个学妹面前站定，微微俯身与她对视，声音温柔和煦：“有什么事吗？”

学妹脸都羞红了，她把手一伸，是一个小巧精美的信封：“给你的。”

司郁讶异：“这是送给我的吗？”

学妹点头。

司郁笑着接过来：“谢谢你，我会仔细看的。”

戚长璇想过去阻止，走出两步又硬生生停住，她目光复杂，半晌没说话。

学妹受宠若惊，飞快跑远了。

食堂人已经不多了。

大部分寄宿生吃过饭回寝室午休了。

戚长璇给自己打了一份卤肉饭，还要了一个梨。

她没好气地把梨塞到了司郁手里："吃吧。"

司郁看出她的异常："心情不好？"

"对啊。"戚长璇说，"食堂师傅换人了，今天打给我的菜只有半勺就算了，还抖三抖，抖三抖啊！"

司郁笑弯了眼："你吃醋？"

戚长璇坦坦荡荡地承认："当然啊。"

她疯狂搅拌碗里的卤肉饭："我不止吃醋，我还吃酱油，吃生抽，吃味精呢！"

她很吃味。

虽然她明白，程逾巳不会收人情书，给人希望，但他们到底共用一具身体，她总不能跑过去跟那个学妹解释，收情书的人根本不是平时的程逾巳，真正的程逾巳才不会喜欢你呢。

那大家估计会把她当成神经病。

司郁开始拆那封情书。

戚长璇深呼吸道："你真要看？"

"这是人家的一番心意。"

好，很有道理。

戚长璇气笑了："看吧，看吧。"

司郁刚刚撕开一个小口子，手指便颤了颤，脸色微变。

她低头专注吃着自己的卤肉饭，没注意司郁的异常，嘴里还不停说着："既然要看就认真看，千万不要辜负了人家一番心意，最好直接答应人家的要求。"

司郁一直没说话。

她终于发觉了异常，抬眼问道："你怎么不说话？"

面前的人四处扫了两眼，眉头拧得很紧："是你带我来食堂的？"

这动作，这神态，这语气。

戚长璇紧绷了一上午的神经终于松懈下来："你终于回来了。"

程逾已手里还拿着那封拆到一半的情书，他顿了一下，继续手中动作。

欣喜之余，戚长璇有些泄气："司郁怎么会突然出现？你现在是无法控制他了吗？"

程逾已沉默了一会儿，默认了这个说法："他越来越强大，随时可能冒出来。"

戚长璇说："他不会又想对我……"

"不会，虽然我无法将他锁在黑夜，但控制他不伤你，还是可以做到的。"

她扒了一大口卤肉饭，忽然抬起头。

"但这也是一个很好的契机。"程逾巳和戚长璇异口同声道。

两人都愣了愣，戚长璇笑弯了眼："看来我们真是心有灵犀。"

天生一对。

程逾巳扯了下嘴角："你不怕吗？"

"怕他再动手？"戚长璇耿直地点头，"我当然怕，但是如果不尽早找出原因，那危险就会一直存在，他的目标是我，他迟早会露馅。"

既然司郁在她面前演戏，那她也在他面前演戏好了，看谁演技更好。

她心里再明白不过，其实最好的保全性命的办法，就是彻底远离程逾巳，远离危险的源头。

但这绝对不是最好的解决方案。

她不愿意这么做。

程逾巳说："但你还是要避免和他单独接触。"

戚长璇缩缩脖子："我当然不会和他单独接触，这条小命我还没玩够呢。"

程逾巳轻笑一声："放心，保证你的小命能玩到老。"

戚长璇张牙舞爪的："你说的哦，要是我提早死了，我做鬼都不会放过你。"

"我等着。"

两个人都没再说话了，戚长璇专心吃饭，耳边偶尔能听到程逾巳吃梨的声音。

他冷不丁地开口："原来，你喜欢我？"

戚长璇浑身一僵。

"为我日不能食，夜不能寐？"

戚长璇打了个饱嗝："不好意思，我吃得挺欢快的。"

抬头时，她才发现他在读那封情书，他神情悠然，并没有窘迫，也没有欣喜——他毫无感觉。

她试图夺过来："哎，你别这么大声读出来。"

"敢写就要敢于被读。"

戚长璇知道他误会了，一定是那个学妹的情书没有署名。

"那不是我写的！程逾巳你真讨厌！"

程逾巳果然没说错。

在接下来的日子里，司郁隔三岔五会出现，这次是三个小时，下次就是五个小时。

时间一次比一次长。

戚长璇开始害怕，万一哪一天，司郁彻彻底底占据了这具身体，反客为主控制住了程逾巳，那该怎么办才好？

程逾巳醒来的时候，正在上午自习。

教室里很吵闹，大家拿着新发下来的试卷讨论个不停，不少人窃窃私语，把视线投向坐在角落里的他。

被这么多古怪的目光注视，程逾巳本就不多的耐心彻底耗尽，他一把扯住前桌戚长璇的衣领，把她拉近。

戚长璇双手在空中扑腾：“哎哎哎，你轻一点！有话就说，干吗动手动脚？”

程逾巳皱起眉：“他又干什么了？”

这些天，他要么对别人笑脸相迎，要么主动帮忙搞卫生，和平时臭脸低调的样子完全不同，导致他每次占回身体，都很不自在。

“倒没干什么大事。”戚长璇表情诡异，压低声音和他说悄悄话，“不过是月考考了全年级第一而已。”

程逾巳：“……”

两人你看看我，我看看你。

也许是气氛太过凝重，他的表情也过于严肃，戚长璇忍不住扑哧笑出声来。

程逾巳凉凉扫了她一眼。

“我不是故意要笑的。”戚长璇捂住嘴，“我只是在想，不止老马会找你麻烦，校长都有可能找你去喝杯茶。”

他懒懒回复：“喝呗。”

戚长璇愤愤不平：“都怪你，害我这次考第二了，而且还是跟你的好友宿淮并列第二。爸妈答应我的暑假英国游泡汤了。”

程逾巳微微眯起眼，若有所思道：“原来你们成绩这么烂啊？”

戚长璇要奓毛了：“喂，你说话注意一点！”

“连他都可以轻轻松松超过你，不是烂是什么？”

“那是因为……那是因为我随随便便考的，压根没有复习，要是我复习的话，想要超过你根本不是问题。”

他笑容很恶劣：“哦，说来说去你还是比我差。”

“程逾巳！”

果不其然。

月考成绩出来后，老马严肃地找程逾巳谈了好几次话。

老马反复盘问他是不是抄袭的，到底是怎么抄袭的？

程逾巳不耐烦回答这些问题，索性当着他的面唰唰唰把考题重新做了一遍，正确率甚至比考试时候还要高。

他本来就聪明，学的知识点牢记于心，只不过是不愿意展露出来罢了。现在既然已经暴露，他便懒得再掩饰了。

他这不鸣则已，一鸣惊人的劲儿，让老马喜笑颜开，喜滋滋地一直夸他有天赋，是不可多得的人才。

“不可多得”的程逾已悠闲地走出办公室。

从后门走进教室，正好听到李畅他们几个在商量这周月假去游泳馆。

李畅一副大老爷做派把腿搭在桌子上，得意扬扬地说：“市中心那家游泳馆是我一个亲戚开的，报我的名字可以打两折，跟我一块去可以免费，去不去？”

陈斯圆兴致缺缺：“游泳啊，太耽误我追星了吧。我哥哥那天正好来市里参加活动。”

崔笛子好奇地问她：“你什么时候多了个哥哥？”

莫鲤不耐烦地说：“所有长得好看的明星通通是她哥哥。”

陈斯圆笑眯眯道：“还是莫鲤懂我。”

李畅说：“明星有什么好看的？去嘛，左顾和魏靖南都答应了。”

陈斯圆更没兴趣：“和他们一块有什么好玩的？”

李畅打算各个击破，他凑到正在做题的戚长璇面前：“班长，去不去？”

戚长璇被程逾已刺激到了，正在拼命刷题，以求下次可以超越他。

她想也不想就答：“不去。”

李畅绝望了：“连你都这么刻苦了，让我们可怎么活？”

余光正好看到程逾巳进来，他立马又迎上去，热情推荐：“露天游泳馆，超大泳池、超多美女、超甜水果，去不去？”

程逾巳满脸厌倦，同样想也不想就答：“不去。”

关于这一点，他和戚长璇倒是挺相似——都懒。

李畅绝望了。

“这么好的游泳馆，为什么不去啊？”

陈斯圆嘲笑他：“你就放弃吧，要是七七去，我就去；七七不去，那你还是自己去游泳吧。”

“程逾巳”忽然又转过来，面带微笑道：“游泳？请问我可以去吗？”

几人面面相觑，不知道现在是什么情况。

戚长璇手一抖，在试卷上画出一道黑线。

她觉得她额头旁肯定也有三道看不见的黑线。

司郁又突然冒出来了。

李畅不确定地说：“当然可以，你真要去？”

司郁说：“当然。”

戚长璇生无可恋地举起手：“我也去。”

陈斯圆一会儿看看司郁，一会儿看看戚长璇：“那……我也去？”

崔笛子说：“那就都去吧！”

莫鲤正要说话，门外有人喊她的名字："莫鲤，有人找！"

莫鲤起身出去之前，拍了拍李畅的肩膀，算是报名了。

门外是宿淮。

她停了一下，走了出去。

"有事？"

"嗯，有事。"

走廊上人来人往，不少人好奇地看着他们。

他神态自若地把手里一套复习资料递给她："这套资料很有用，你有空的话多看看，可以帮助你提高成绩。"

莫鲤对学习一点兴趣都没有，把资料推回去："你自己留着吧。"说完，她就转身要进去。

"莫鲤。"他喊她的名字。

"只有一年多就要高考了，你真的想一年多以后，见不到我吗？"

莫鲤停住脚步："我为什么要见你？"

"可我想见你。"

"你到底想干吗？"

他面不改色："讨你欢心。"

莫鲤不客气地骂："神经病。"

但她还是接了过去，越翻她眉头皱得越紧："讨人欢心不是这么讨的。"

“我知道你不喜欢做题，”他声音放轻，“但为了以后，我不会轻易放弃，你也不能轻易放弃。”

他说：“来日方长。”

游泳馆。

几个女生在女士换衣间打打闹闹。

莫鲤第一个换好。

陈斯圆羡慕莫鲤的好身材，犯花痴：“莫鲤你穿什么都好看，不穿更好看。”

莫鲤推开她的脑袋：“快去换衣服！”

戚长璇第二个换好。

陈斯圆换衣服的空当瞄戚长璇一眼，乐不可支：“七七，你的泳衣也太幼稚了吧？”

“这是两年前买的，以为还能穿，谁知道会这么小。”

“七七，我说的是款式幼稚，不是小。”

戚长璇的泳衣是带卡通图案的粉色连体式，还带着裙边，是她随手从衣柜里翻出来的，哪知道会是这样。

戚长璇恼羞成怒：“我就喜欢卡通的。”

她恨不能拿条浴巾把自己包裹住，事实上她就是这么做的。

崔笛子临时有事没有来，但她贴心地给大家送来了饮料。

戚长璇开了一罐可乐，咕噜咕噜喝了一大口，喝得太急，不停打嗝。

她不会游泳，便坐在泳池边当观众。莫鲤在教陈斯圆游泳，陈斯圆套着游泳圈胡乱扑腾，十分钟了还在原地打转。李畅、左顾他们几个在比赛，游了几个来回后精疲力竭。

戚长璇数了数人头，发现程逾巳不在。

司郁答应了邀请，但以程逾巳自己的性格，十有八九是不会来的。

正想着，一条崭新的浴巾盖在了她头上，她眼前一片黑。

她恼怒地把浴巾扯下来："你无不无聊？"

程逾巳悠闲地在她身旁坐下，不忘嘲笑她："旱鸭子。"

他眼底有很浅的乌青，每天在身体里和另一个自己争来斗去，他很久没有好好休息过了。

戚长璇反驳："游泳只是一项技能，会当然很好，但它并不是生活必备技能，不会很正常。我其他方面已经很优秀了，如果还会游泳，岂不是让别人无地自容了？"

谁知她这么认真地说了一段话，他压根没仔细听，而是双手撑在身后，眯着眼打量着远处的李畅、左顾他们："你们人类游泳的姿势真难看。"

戚长璇："……"

有本事你展示一下真正的技术啊。

他裸露的上半身身材很好，戚长璇不好意思盯着他看，但注意力还是被他胸口的旧伤吸引。

她指了指问道："你这伤是怎么回事？你不是自愈能力很强的吗？"

那日教训那个小混混，他受了点很轻的擦伤，第二天她特意带着药，想帮他涂，没想到他身上一点伤口的影子都没有。

程逾巳无所谓地说："看起来是剑伤，已经很久了。"

戚长璇了然，他自己也记不清伤口的来历，之所以没有消失，想必与他缺失的那段记忆有关。她不由自主地想起那个残留了很久的牙印。

她瞄了眼他的手，这才松口气，印记终于消失了。

她试探地问："我可以摸一下吗？"

程逾巳点了下头。

戚长璇情不自禁地抚上那道伤疤，指尖触碰到它的那一刹，两人微微一颤。

他的伤口火烧一般疼，比以往任何一次都要强烈。

戚长璇飞快地收回了手。

不知怎的，她忽然想起了差点被司郁掐死那晚做的那个梦。

她记忆犹新。

梦里的少女将一柄长剑狠狠刺进少年的胸膛。

她丢开这些繁杂的念头，勉强弯唇："是谁这么狠心啊，拿剑刺你？"

程逾白没有心思在意伤口的疼痛，而是盯着她看："你在哭。"

戚长璇讶异，一摸脸，果然触到满脸泪水。

她自己也觉得奇怪："怎么回事？难道泳池水质不好，我眼睛被感染了？"

附近的李畅正好听到这句话，谁说游泳馆坏话，他跟谁急。

他掬起一捧水泼湿戚长璇的浴巾，反驳她："这水质好着呢！你连水都没有下，哪知道水质好不好？"

戚长璇不跟他计较，用手去擦眼泪，但越擦越多，泪水仿佛止不住。

程逾白显然没往那个方面联想，兀自喃喃："你为什么哭？"

戚长璇取了纸巾，用了三张之后，好不容易才恢复正常。见程逾白表情依然很奇怪，她解释："可能是来的路上进沙子了。"

"你别想太多，我可没那么容易哭。"

程逾白敷衍地点了下头。

戚长璇调整好心态，问他："假设，你要是恢复正常了，你可以回家了，还会再回来吗？"

他答得很果断："不会。"

戚长璇慢慢低下头，声音低了好几度："这样啊……也是。"

独在异乡为异客，更何况是异星球。

时光漫长，他在这里孤身一人，想必每分每秒都在想念家乡，那个她惊鸿一瞥的、留在她记忆里怎么也无法抹去的地方。

他对这里，毫无留恋。

戚长璇无意识地踢水玩，想了想，对他说："你放心，我一定会帮你的，我们一起找出真相，让你恢复过来，让你回家。"她语气很坚定，"相信我。"

程逾巳觉得好笑，在他眼里单薄又弱小的人类，居然说要帮自己。

他转头看向戚长璇，想习惯性地讥嘲几句，却见她睁大眼睛全神贯注地看着自己，她眼尾被她揉得红通通的，但澄澈的眸里依然流光溢彩。

她笑得很甜。

她是在很认真地许下承诺。

"哎，程逾巳，你相不相信我呀？"

于是，他鬼使神差地回答："好。"

我相信你。

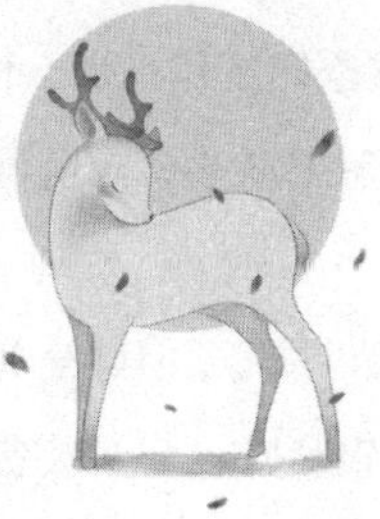

第十章
你有没有兴趣，生一个混“球”宝宝？

市博物馆最近新入了一批文物。

老马就好古玩收藏，迫不及待想去参观。于是在某天的下午组织全班一起去博物馆，还美其名曰，春游。

春游，游完之后自然要写游记的。

班里大半同学怨声载道——

去爬山、去烧烤勉强还能靠走了多少步、炒了几道菜，凑八百个字出来。去博物馆能写什么？这里摆了一个碗，那里搁着一双筷子吗？

今天是工作日，馆里除了他们这些学生外，人并不多。一到博馆内，老马说了解散后，几个男生就跑没影了。

戚长璇倒是兴致勃勃的，小时候爸妈工作没那么忙的时候，经常带她去博物馆、故宫之类的地方玩，想要从小就熏陶她成为一个知书达理、有书香气的女子。

虽然她的确成绩很优秀，不用父母操心，但她全部的心思都放在了游戏上面，没什么书香气，倒是有铜臭味——买装备还是得花不少钱的。

戚长璇很喜欢博物馆的氛围，拉着莫鲤、陈斯圆说个没完。

比如那幅古画，是某位名师纪念他早逝的妻子的；比如那顶头冠，是某位皇帝为他心爱的宠妃精心打造的。

又比如，那柄长剑。

巨大的透明玻璃柜子里陈列着一柄长剑，剑身通体玄青，雕刻着精致的暗纹，剑柄镶嵌着名贵的碧色珠宝，乍一看不打眼，越看越移不开眼。

身体里的血液在沸腾在叫嚣，不可言状的熟悉感蔓延开，看得戚长璇出了神。

讲解员唾沫横飞滔滔不绝：“关于这柄古剑，有一个很凄美的故事，你们想不想知道？”

陈斯圆迫不及待想听，捧场说：“想知道。”

莫鲤打了个哈欠走远了。

戚长璇想找厕所，没心思听，但声音还是断断续续落入她耳里。

“……据说，这柄剑原本是属于一个赫赫有名的大将军的。将军家有一位小姐，她是将军唯一的女儿，很受宠爱。在女儿金钗之年，将军把这柄斩杀过万千敌人的剑送给了这位小姐，想保小姐平安，可这柄剑，却带来了血光之灾。小姐不知道从哪里认识了一个男子，非要跟这个男子在一起。可将军身份尊贵，并且早已为小姐许下一门亲事，怎么可能容许小姐和不明来历的陌生人在一块？将军见劝不了小姐，遂用性命要挟她。生她养她的父亲，又或者心爱之人，一生一死，由她抉择。”

讲解员停在了关键地方，拧开瓶盖喝了口水。

戚长璇不由得停住了脚步，盯着那柄长剑看。

陈斯圆迫不及待地追问：“然后呢？”

讲解员耐心回答她：“父亲决绝，小姐也是个烈性子，便将这柄剑插进了心爱之人的胸膛，以悲剧收场。”

戚长璇震住，凉意蓦地从脚底蔓延到全身。

小姐也是个烈性子，便将这柄剑插入了心爱之人的胸膛……

陈斯圆听入了迷：“所以说，小姐选择了自己的父亲吗？后来呢，那位小姐怎么样了？她心爱的人就这样死了吗？”

讲解员说：“这只是故事，不知道真假，后来怎样了，没有人知道。”

透明的玻璃倒映出戚长璇身后程逾巳的脸，他面容苍白，嘴唇紧抿，也在盯着那柄长剑看。一刹的晃眼，他眼底仿若有着无尽悲哀。

戚长璇扭过头去和他说话时，他依旧是一脸淡漠。

戚长璇说："一直不见你人影，我还以为你跟李畅他们一块溜出去了。"

她看他周围，问道："说起来，李畅他们到底去哪儿了？"

程逾巳没反应，还是牢牢盯着那柄剑看。那剑似乎很容易让人沉溺其中，但她环顾四周，又好像只有她和程逾巳有这种情况。

戚长璇疑惑道："你怎么不说话？"

她伸出手才发觉他后背都湿透了。

戚长璇吓了一跳："你怎么出这么多汗？你不是从不出汗的吗？是不是里头太闷了？"她拉着他往外走，"我们出去吹吹风。"

程逾巳任由她拉着，一直沉默不语。

博物馆二楼有一个很大的阳台。

戚长璇调侃他："听个故事而已，你也太入迷了吧？"

程逾巳眼珠子转了一下，瞟了戚长璇一眼，终于从僵硬的状态恢复过来："是故事，也是事故。"

他一顿，眉头紧皱，捂着头，疼痛难忍。

几秒后，他抬起头，困惑地打量了一下四周陈设："长璇，这是哪里？”

戚长璇磕巴了一下，勉强适应了他的转换：“这是市博物馆，今天老马带我们来参观文物。”

他飞快地垂下头，再度抬眼时满眼淡漠：“你刚才问李畅他们去哪儿了？”

戚长璇讷讷着反应不过来：“啊？”

他再一次痛苦地垂下头，缓了两秒才恢复过来——

他神态轻松，笑容温和，仿佛任何苦痛都与他无关：“长璇，你可以带我参观参观吗？”

“李畅他们在附近篮球场打球。”

……

“长璇，我们刚才说到哪儿了？”

……

短短一分钟，他两重人格反复变换。

戚长璇全身发寒。

这个晚上，戚长璇辗转反侧一直睡不着觉。

程逾已的状态以肉眼可见的速度变得越来越糟。

那个她一闭上眼就会反复出现的梦境，与长剑的故事重合度惊人的高。

博物馆的长剑，程逾巳心口的伤疤。

她忧心忡忡。

第二天。

程逾巳一整天没有来上课。

李畅开玩笑道："他肯定是想逃避交游记。"

坐他前面的崔笛子回头惊讶地问："游记是今天交？"

李畅耸耸肩："不然呢？"

崔笛子吓白了脸："完了，我以为是下周交，还没写。"

她翻出作文本，打算现在就写。

"急什么啊。"李畅懒懒散散地抖着腿，"我也没写呢。"

戚长璇看着身后空荡荡的座位发了会儿呆，然后才端端正正坐好开始写游记的结尾——

"每一样古物都承载着一段历史、一段记忆，是美好的也是遗憾的。"

她想起那柄长剑，继续写："他们的故事流传千古，而某些人长期追逐的答案，或许就蕴含其中。"

写到最后，她也不知道自己到底在写什么，只觉得脑子里一团糟，索性就这样交了上去。

第三天，程逾巳还是没有来上课。戚长璇跟老马打探，才知道他请好了假。

她意识到了事情的严重性。

左顾却觉得这没什么，试问谁不想请长假光明正大地不来上课呢？

李畅也说："我记得我小学的时候，我爸妈要去旅游，还非要带我去，害我足足请了两个星期的假，从此成绩一蹶不振。"他捶胸顿足，"在此之前，我成绩也是数一数二的。"

陈斯圆斜他一眼："你确定不是你哭着闹着要去？"

知晓实情的莫鲤拉住戚长璇的手，在他们打闹的时候，轻声安慰她："不会有事的，他比我们想象的要强大。"

戚长璇不敢确定，她担心的是另一件事。

莫鲤从她犹豫的眼神中看出她想去找程逾巳，阻止她："既然你知道他现在很反复，你就更不应该去找他，你怎么知道你见到的会是哪一个他？万一他又想杀你呢？"

莫鲤劝道："等消息吧。"

下一节课是老马的数学课，上课铃响了十分钟了，老马还是没有出现。

过了很久他才一脸凝重地走进教室，他的身后跟着两个警察。

见教室里这么吵，老马铁青着脸训斥："安静一点，现在是上课，闹哄哄的像个什么样子！"

等教室里终于静下来，他才解释："博物馆里丢了一样文物，正好是我们去参观的那天丢的，警察同志需要同学们配合一下，简单回答几个问题就好。”

教室里同学们七嘴八舌：“是什么丢了？”

李畅大声感叹：“我去，这么多监控都能得手？”

老马瞪了他一眼，他赶紧噤声。

左顾和同桌魏靖南面面相觑，一头雾水。

左顾说：“我们是不是错过了什么？”

魏靖南一脸怨念：“我就知道，打球还不如去博物馆参观，这下好了，珍贵的文物想看都看不到了。”

“老师，到底是什么丢了啊？”

老马搜寻了一下记忆库，对那件古物印象并不深刻，他有些苦恼：“据说是丢了一柄剑。”

“剑？什么剑啊？博物馆里剑那么多，是哪一柄啊？”

……

戚长璇攥紧拳头，沉默不语。

警察问话很快就结束了，盗贼手法熟练，且异常警惕，他们并没有怀疑是学生动的手。

下了课，戚长璇拿出上学期期末老马还给她的手机，开了机，想在网上搜一下那柄古剑的资料。

不料，手机铃声猝不及防响了起来——进了一个电话。

她吓了一大跳，想挂断电话却不小心按了接听键，只好接起：“喂，哪位？”

“我。”

戚长璇心不在焉：“谁？”

他不耐烦道：“我的声音你听不出来？”

戚长璇心一定：“程逾巳？你怎么会知道我的电话？”

他没有废话，直入主题：“帮我。”

“帮你什么？”

他没有说得很细，似乎在极力忍耐什么：“我知道怎么做了。”

“什么？”

“我知道真相了，也知道怎样恢复正常了。”

戚长璇呆呆地握着手机没说话，她沉默了起码五秒才说：“需要我怎么做？”

电话那头，他很轻地笑了笑，她从没有听过他这样的笑声，带着点苍凉又带着点释然。

“只需要你。”他说。

这一刻，他与她，声音很近，仿佛亲密得脸贴着脸。

戚长璇毫不犹豫地翘了第四节课，直奔程逾巳的家。

她按了很久的门铃，里头都没有反应，她尝试着推门才发现门是虚掩着的。

她来过好几次，喊他名字没反应，便驾轻就熟地上了二楼。

程逾巳躺在床上一动不动。

戚长璇探了探他额头，发现烫得吓人。他呼吸薄弱，眼睛紧紧闭着，这是从未有过的情况。

“程逾巳？”

戚长璇手忙脚乱，急匆匆打了水来，用毛巾给他敷上。

还是不管用，她从冰箱里翻出冰袋搁在他额头上，他潮红的脸这才渐渐恢复正常。

戚长璇盯着他看了一会儿，在床边坐下。

她自顾自跟他说话：“上次你不是从博物馆听了个故事吗？我也有个故事，不如趁现在说给你听吧？”

戚长璇肆无忌惮地戳戳他的脸：“你这副样子，就算我的故事很无聊，你也只能乖乖听着。”

她开始讲故事——

“自看到你开始，我便一直断断续续在做一个梦。梦里的女主角是个贵族小姐，梦里的男主角是从很远的地方来的，就和你一样。

“奇怪的是，这明明只是一个梦，一个梦而已，可这个梦居然和那柄长剑的故事那么像——年轻的小姐亲手把长剑插入心爱之人的胸膛……你知道吗，我刚才在网上搜了一下那柄剑，什么资料都找不到，它存在的痕迹被完完全全销毁，甚至博物馆里那柄剑也被盗了。”

她手指无意识地拨弄着他的额发，轻喃：“我梦里的那个人，是不是你呀？”

程逾巳毫无反应。

“你说，我梦到的，是不是你的故事？是不是就是你缺失的那段记忆？”

程逾巳自然无法回复她。

戚长璇自嘲地笑了一声：“程逾巳，我不傻，在司郁说，我们越是亲密，你便越是无法束缚他时，我便隐隐猜到了。

“首先说清楚，我不是想替我梦里那个女子‘背锅’，她到底是谁，对我来说并不重要，虽然我不太信前世今生又或者灵魂附体之说，但世界之大，无奇不有。总之，她是她，我是我。如果这一切的的确确是真的，那么，我就是引子，所有的事情都是因我而起。”

他还是没有反应。

戚长璇叹口气，想打急救电话，又怕他被抓起来研究。毕竟他是正正经经的外星人出身，纯种外星人，和他们地球人完全不一样。

她从床头找到了程逾巳的手机，手机里头只存了两个号码，一个是她的，另一个是宿淮的。

她拨通了宿淮的号码。

那头接得很快，宿淮声音刻意压低了：“阿巳？”

现在是午休时间，他大概在图书馆。

“是我，戚长璇。”

那头传来轻微说话的声音，戚长璇捕捉到一丝她熟悉的嗓音，问：“你跟莫鲤在一块？”

“对。”他捂紧了话筒，抬头看了一眼对面抓耳挠腮做不出题来的莫鲤，“有事？”

“是程逾已，”她忧心忡忡地看了眼躺在床上毫无反应的程逾巳，“他好像出什么事了。”

戚长璇简单描述了一下他的状况。

宿淮做了一个手势，起身往外走。

莫鲤抬头看他一眼，觉得不对劲：“谁？”

他平静地微笑着解释：“朋友。”

直到走出阅览室，他才皱紧眉头：“物极必反，这是他身体的应激反应，现在他身体里的两重人格斗得很厉害，他只能通过损害自己来达到损害另一个他的目的。”

“那该怎么办？”

“你别急，等我过来。”

“好，我……”

话还没说完，电话便被夺了过去，程逾巳挂断了电话。

他喘了一下气，冷着脸说：“跟他没关系。”

“你醒了？”一瞬的惊喜过后，戚长璇皱紧眉头，“他了解你。”

“他没有你了解。”

说完这句，他自己也愣了愣，但眼里依然是淡淡的讥嘲：“没有谁比你更了解。”

他掀开被子，把藏在里面的长剑取出来。

剑身通体玄青，雕刻着精致的暗纹，剑柄镶嵌着名贵的碧色珠宝。

戚长璇并不意外，那柄剑，果然是被他盗走的。

她想像往常一样开几句玩笑，问他是怎么做到的，或者指责他偷盗是不对的。

他却仿佛能读懂她所思所想，淡淡说：“这剑本来就不是博物馆的。”

他把长剑一递：“物归原主。”

戚长璇把剑接了过去。

她不是傻子，程逾巳也不是；她能猜到的，程逾巳也能猜到。

他状态好像好了不少，饶有兴致地看着她：“舞几招看看。”

戚长璇气笑了：“都什么时候了，还有心情看我舞剑，我哪里会舞剑？”

可他没有在开玩笑。

看在他是病号的份上，满足他的要求。

“不巧，我跟着我爸去看过杂技团演出，杂技团团长是我爸朋友，破例允许我学了两招。”

她假模假样做了几个动作，长剑很重，她舞得乱七八糟，长剑一会儿不小心砸在他肩膀上，一会儿差点扎到他眼睛。

“你躲开点，不许嘲笑我。”

可他还是毫不留情地嘲笑：“将军的女儿很会舞剑的。”

她反感他把自己和那个故事里的女主角当成一体，反驳：“可我不会。”

话音刚落，他不躲不避硬生生迎了上来。

寒光一闪，长剑无情，戚长璇吓得想躲，程逾巳却抓住了剑身，牢牢盯着她的眼睛：“刺进来。”

戚长璇不敢置信：“你说什么？”

他说：“你不是说要帮我吗？戚长璇，杀了我，杀了我的第二人格。”

戚长璇冷静下来：“你会死吗？”

程逾巳思索了一秒：“很大概率会。”

“上一次中剑不是没死吗？”

他冷笑道：“上次因为怨气太重，所以没死成。”

戚长璇白着脸紧紧攥住剑柄，他不停前进，而她不停后退。

程逾巳迷惑地皱眉：“你怕我死？”

她干脆地承认：“对。”

他笑了笑：“也有一定的概率不会死，如果没有死，我就可以回家，回到我的母星，你见过的，你承诺过的。”

戚长璇半晌说不出话来，她只知道摇头。她的确真心想要帮他，但不是以这种方式。

程逾已开始不耐烦："就像你上一次做的那样，杀了我，很简单。"

见她还是不肯动手，他说："左右已经刺过一次了，还怕第二次吗？"

她顿住："我做不到——"

他态度强硬，也是，他本来就没有情感："你必须做到。"

"可是——"

他勾唇笑了笑："你不是说过讨厌我吗？"

"……"

"在他出现的时候，刺进来，杀了他。"

"……"

他换了威胁的口吻："现在我控制不了他了，你想清楚，你不杀他，他就会杀你。"

戚长璇拼命摇头。

那女子可以做到决绝，可她不是那名女子，她没有那名女子的经历，也不懂她的心情，她做不到。

不过片刻，面前的程逾已痛苦不已，再抬头时，俨然换成了另一重人格。

他注意到离自己心脏只有半寸远的剑，眼里闪过一瞬惊慌失措——对它有忌惮，不敢轻举妄动。

他温声劝道：“长璇，你这是干什么？快放下剑。”

面对这个他，戚长璇不肯放：“放了，你就会杀我。”

司郁温柔地笑了笑：“怎么可能？长璇，我永远不会伤害你。”

戚长璇不为所动：“这话你留着对别人说去吧。”

司郁变了脸色，咬牙切齿：“不识好歹。”

戚长璇笑：“怎么，你掐我脖子的时候没有想过吗，你也有性命被我抓在手里的这一刻？”

司郁不悦道：“你以为我是怕死吗？”

“你如果不怕死，会一直讨好我？”

司郁这是头一回看到戚长璇伶牙俐齿的模样，他冷笑道：“要死，也要你陪我一块死。”

这个瞬间，戚长璇突然想明白了司郁那个名字的意思。

他并不是名字叫司郁，而是他就是私欲本身。

拥有完整记忆的程逾巳的私欲。

司郁头痛难忍，捂住头半晌才说：“或许还有别的法子。”

“啊？”

他烦躁地瞥她一眼：“先别着急，除了杀我，或许还有两全其美的法子，我想回家，不想死在地球上。”

戚长璇巴不得听他这样说，她一喜。

她手早就举酸了，正要听程逾巳的话把剑丢开时，她猛然清醒过来。

不对，他没有变成程逾巳，他还是司郁，他很聪明，故意模仿程逾巳说话的神态，他是想让自己丢开剑，真正的程逾巳已经迷茫了太久太久，他宁可死也不想继续这样下去。

他越这么说，越证明了程逾巳是对的，只要将长剑插入另一重人格的胸膛，就能杀死他。

她定定地看着他的眼睛，内心变得坚定："所有事情都是因我而起，也要因我而结束。我答应过你，会帮你。"

她用力刺向他，鲜血一下子涌出来。

假扮程逾巳的司郁不敢置信地看着她，他痛苦难耐地闭上眼，再度睁眼时，他在笑。

程逾巳在笑，他抓住剑身更加用力地刺进自己的心脏："多谢。"

两重人格不断变化，一重在笑，一重在怒。

在他们共同用力下，长剑深深地刺入了他的胸膛。

重现了千年前的那一幕。

鲜血涌出来的那一刻，戚长璇情不自禁地泪流满面，属于另一个人的所有回忆通通涌入她的脑海。

那是她，又不是她。

梦里的人影逐渐清晰，那个长袍少年终于露出正脸，他狭长的眼半眯着，轮廓分明，五官精致。

一幕幕场景在她的脑海里掠过。

事情远没有讲解员说的那么简单，将军之所以用生命要挟小姐，并不是想要少年死，而是想要把少年献给当朝者。少年身上有太多奇妙之处，完全可以为他们所用。

小姐阻止不能，为了保全他，走投无路之下，只好把手中长剑刺向毫不知情的少年，随后选择了自刎。

在她看来，自由比生命更可贵。

她不知道心爱之人没有死，他沉睡了千年，也恨了她千年。

他分裂为两个人格——

一重人格沉溺过去，深陷在伤痛之中，他怨恨她，想要亲手杀了她，不惜找到她的转世。

另一重人格无知无觉，想要找回记忆，也想要回到家乡。

程逾巳这个名字是那位小姐取的，程是取自小姐的姓氏。

逾，是超越的意思；巳，是旧时计时法，代表时间。

当年那个迷茫的外星少年第一个遇到的人类，就是她。

他依赖她，信任她，爱她。

而她也一样，她对这个外星少年隐晦的爱，超越时间。

他们的命运纠葛千年。

在今天，终于结束了。

宿淮到场时，戚长璇正坐在床上发呆，程逾巳躺在地板上昏迷不醒，但他身上的伤口在一点点愈合，那个疤痕在一点点消失。

她想起了很多事——

比如她第一次来程逾巳家里的时候，他的书桌上摆放了很多史书；比如他替她挡住那个飞来的篮球；又比如他们在酒店房间里，他偏头问她："和你吗？"

宿淮探了一下程逾巳的呼吸，松了口气："他没死。"

戚长璇点点头，怅然若失："我知道。"

她把自己的包捡起来，冲宿淮露出笑容："照顾好他，我先走了。"

走出房门后，她不禁想，那个小姐真傻，为封建礼教所困。

小姐为什么要杀了他呢？倘若换作她，她一定会选择和他一起私奔。

可倘若小姐真的和他私奔了，还会发生之后这么多事吗？

她还会遇到程逾巳吗？

她不知道。

程逾巳再也没来过学校。

老马联系不到他，后来还是宿淮帮他请了长假。

理由是，他回家了。

"他回家了又不是不会回来了，至于愁眉苦脸的吗？"左顾说。

“我哪是为他愁眉苦脸啊，我是为即将到来的高考而愁。”戚长璇说。

这话左顾明显不信，哼哼唧唧：“你就嘴硬吧。”

他殷勤地递了一颗葡萄到戚长璇嘴边：“来，啊——班长大人吃葡萄。”

戚长璇嫌弃道：“你洗手没？”

左顾眼神躲闪：“哎嘿，洗什么手啊，葡萄洗了就行。”

“你真脏！”

左顾把葡萄塞进了自己嘴里，含混不清地说八卦：“哦，对了，你们看新闻了吗？市博物馆丢失的那柄剑又出现了，好像是工作人员打扫卫生的时候，不小心把它搁在仓库了。”

李畅不信：“太假了吧？这是借口吧？”

“谁知道呢？”

……

他们没心没肺地嘻嘻哈哈，换了个话题继续聊，讨论得热火朝天。

戚长璇甩了甩笔，继续做题。

她知道宿淮说的回家是什么意思，他回家了，回到了属于他的那颗星球。

他是真的不会回来了。

对于戚长璇而言，高二是人生中很重要的一年。

程逾已从很远很远的地方来到她身边，又去了很远很远的地方，离开了她。

一心只知道玩、得过且过的戚长璇，飞快成长起来。

人类就是这样，只有失去过，才懂得珍惜。

高考那天早上，是外公李围林送她去的。

下车前，李围林没有多说什么，只说考完来接她。

戚长璇没有立即下车，而是问身旁的外公："你们对我没有什么期望吗？没有期望我考上什么样的大学吗？"

李围林愣了下，摸摸她的头："当然有，哪个家长不希望自己的儿女后辈成龙成凤？不说只是不想给你压力。你虽然调皮了些，但从小到大都很优秀，是爸爸妈妈、外公外婆的骄傲。"

"可是爸妈从来没有跟我说过这些。"

李围林神秘兮兮地告诉她："实话告诉你，你爸妈昨晚给我打了无数个电话，千叮咛万嘱咐，让我给你准备好早餐，不能让你饿着了。还说你这两年辛苦了，高考之后，你想去哪儿就去哪儿，让你好好地放松放松。"

她一下子扑到外公怀里，忍不住流出眼泪。

李围林捏捏她的鼻子："小花猫哭什么？是不是有人欺负你了？要是真有人敢欺负我的外孙女，你就告诉外公，外公替你做主！"

"谢谢外公！您真好！"

"有什么好谢的？快去吧，外公等会儿来接你。"

两天的高考一眨眼就过去了。

戚长璇超常发挥，有十足的把握可以考上满意的学校。

宿淮完成最后一道题，合上笔盖，看着监考老师把试卷收了上去，十多年的努力，就看这一刻。

离开学校前，他去了趟老师办公室，一一与他们作别。

班主任照例问了考试情况，最后拍着他的肩膀感慨："你是老师最得意的学生，以后不论在学习生活上遇到任何困难，都可以找老师。"

"谢谢老师。"一顿，他问，"老师，我想请教一下，如何追求自己喜欢的女孩？"

班主任没想到他这么直接，愣了半晌才问："谁啊？"

"莫鲤。"

班主任觉得这名字耳熟，回想了一下，眉头拧了拧，很是不屑一顾："哦，她呀。"

班主任说："宿淮啊，你听老师一句劝，你跟她不是一路人。"

宿淮语气依然客气，脸色却不是很好看："老师，她不是你们想象的那样。"

班主任摆摆手，没兴趣听："我知道是她纠缠你，但既然毕业了，你有了更广阔的天地，没必要再和她搅和在一块。"

宿淮认真地说："她很好，而且，是我在纠缠她。"

"啊？"

作别了老师，宿淮转过身下楼，正好在转角处撞见莫鲤。

莫鲤脸上的尴尬一闪而过。

宿淮惊讶之余抿唇笑了笑："你都听到了？"

她否认得很快："没有。"

"你来找我？"

"路过。"一顿，她别开眼，还是承认，"顺便来找你。"

"哦，"宿淮微微一笑，"找我干什么？"

莫鲤有些怒，恶狠狠地盯着他："你折磨了我整个高三，要是我没考好的话，都赖你。"

"所以，你觉得你考得怎么样？"

"还行吧。"

他分析道："我算过了，你的艺术分很高，三次模拟考的成绩也不错，应该可以和我上同一所学校。"

莫鲤轻哼："说得好听。"

两人并肩往楼下走，高考并没有着装要求，可宿淮还是规规矩矩穿着校服，莫鲤一反常态也穿着校服。

"其实我很想说句抱歉。"

"什么抱歉？"

"以前在市一中的时候——"

猜到他要说什么，莫鲤打断："都过去了。"

“不，我还是要说，以前在市一中的时候，我没有站出来维护你，是我的错。”

莫鲤说：“跟你没什么关系，你没必要往自己身上揽。”

“所以你不生我的气了？”

莫鲤愣了半晌，才没好气地说：“你是白痴吗，看不出我早就不气了吗？”

她伸出手：“看在你苦苦纠缠我这么久的份上，勉强让你牵一牵，时间有限，过期不候。”

宿淮没反应，定定看着她。

“不愿意算了——”

他牢牢握住她的手：“期限是多久？”

莫鲤思考了一下，翘了翘嘴角：“等我什么时候嫌你烦了再说吧！”

高考结束几天后，左顾订了全市楼层最高的那家酒店的顶层，邀请了班里关系最好的一帮人一块喝酒、聊天、吃东西、看星星。

这可能是最后一次聚这么全了——

戚长璇成绩优异，想去哪里都可以。

左顾家里有钱，考不上大学家里也会替他想办法。

李畅过几天就会去外地，在学习上没讨着好，打算在社会上好好历练一番。

崔笛子做好了高考考砸，读一个普通专科的打算。

魏靖南目标不大，只要考上二本，他就很满足了。

追星少女陈斯圆打算去日本留学，近距离看一看她喜欢很多年的偶像。虽然大家都觉得她很疯狂，她却觉得不疯狂的人生是不完整的。

莫鲤在高三拼命的程度大家有目共睹，她在惴惴不安地等待着好消息降临。

虽然高考成绩还没有出来，但大家显然已经有了各自不同的打算。

七个人坐在大沙发上傻了吧唧地仰着头看星星，看得眼睛都要花了，可还是半颗星星都没见着。

这并不能影响他们的好心情，只要几个人凑在一起，就是快乐的。

吃得差不多了，莫鲤起身："我还有事，就先走了。"

陈斯圆调侃她："和谁有约啊这是，这么快就抛弃我们？"

莫鲤瞪她一眼，出去了。

左顾和魏靖南对视一眼，默契地说："我们去厕所。"

戚长璇疑惑地一会儿看看这个，一会儿看看那个："你们一起？"

左顾一本正经地解释："有的人笑点一样，有的人泪点一样，同桌这么久了，就不许我们尿点一样吗？有福同享，有尿同撒嘛。"

戚长璇对他粗鄙的说法嫌弃得不行，挥挥手："快去快去，少恶心人了。"

陈斯圆也站起身："我渴了，去拿杯饮料。"

李畅抖抖腿也随之站起来："我陪你。"

戚长璇也想起身："我也去。"

陈斯圆按住她的肩膀，笑眯眯地说："我们去帮你拿。"

一下子偌大的天台只剩下她和崔笛子两个人。崔笛子摸摸胳膊，有些冷，笑着对戚长璇说："七七，我进去拿件衣服，很快就过来。"

"去吧。"

人全走光了。

戚长璇不是傻子，独独留着自己一个人，想必是他们策划了一个大惊喜要送给她。

是什么呢？

她左思右想，她的生日还有两个月，难道他们打算提前给她庆祝生日？

正想着，身后有脚步声靠近。

她扭头。

熟悉的兜帽，熟悉的懒散姿态——

是程逾巳。

戚长璇眨眨眼睛，怀疑自己是不是吹风吹多了出现幻觉了。

只见程逾巳嫌弃地皱眉："傻了？"

戚长璇反驳他："你才傻了。"

她像没有和他分别过一样，自然地和他说话："你已经完全恢复正常了？另外那重人格不会突然又冒出来吧？”

程逾白挑了挑嘴角：“你倒是跟他关系不错。”

“我什么时候和他关系不错过？”

他要笑不笑的样子：“一个人大晚上去我家找他，还给他送光碟，还挺关心他。”

戚长璇忍俊不禁：“坏脾气外星人吃醋了？”

程逾白轻哼：“我不止吃醋，我还吃酱油，吃生抽，吃味精。”

这是她之前跟司郁说过的话，按理来说程逾白不会知道才对。

看来他真的完全恢复了，两个他，合二为一。

戚长璇还是忍不住问出口：“可是，你不是走了吗？”她吸吸鼻子，“你不是说，恢复正常了，回去就不会再来了吗？”

“我没走。”

他睨她一眼，似笑非笑的，语气很笃定：“你想我走？”

戚长璇摇摇头。

他双腿交叠，安安稳稳地在她身旁坐下，因为思索而习惯性皱眉：“花了一点时间整理这些年发生的事情。”

“哦。”

眼前的人分明是他，可既陌生又熟悉。

这才是真正的他，拥有完整记忆、完整情感的他。

他说：“之前我一直不明白为什么心里一直空落落的？”

戚长璇心不在焉道：“恭喜啊，找回了你的全部情感，现在你应该知道了吧？”

“嗯，现在我知道原因了。”

“既然你恢复记忆了，是不是意味着，你恨我？”

他没有否认：“对，我恨你。”

戚长璇心一沉。

程逾巳说：“我承认有恨，但除了恨，更多的是别的情感。”

他的第二人格里是他全部的恨，爱被埋藏。

而现在，恨回来了，爱也回来了。

她大概猜到了，闷闷地拆穿：“我不是她，我不是一千年前那个人，你恨的那个人不是我，相应地，你爱——”

程逾巳伸手捂住她的嘴，他觉得好笑：“现在才发现，原来不是错觉，你有时候是真挺讨人厌的。”

戚长璇推开他的手：“别动手动脚。”

“哦，”程逾巳点头，“某人之前对我动手动脚的次数可不算少。”

她问得直接：“所以你到底来干吗？”

他不耐烦道：“你是真蠢，还是装傻？”

没头没脑被他骂蠢，戚长璇气呼呼地站起来，不打算再和他说话。

程逾巳望着她背影笑道：“哎，我还有一样东西没找回来，好像落你那儿了，所以我来取。”

“什么东西？”她扭头。

“心。”

我缺失的那段记忆，它包含着我的全部情感。

包括我们相处的那些日子里，应该出现的情感。

而现在，它回来了。

所以，我也回来了。

陈斯圆将手拢成喇叭状：“喂，你们还打算说到什么时候？”

李畅也在喊：“快过来吃蛋糕了！”

戚长璇回过神：“什么蛋糕？”

“毕业了不该庆祝庆祝吗，快过……啊！李畅你要死啊，居然抹蛋糕到我脸上，你完蛋了！”

“来呀，谁怕你呀！”

戚长璇看着他们追逐打闹忍俊不禁。

——“哎，戚长璇。”

——“嗯？”

——“你有没有兴趣，生一个混‘球’宝宝？”

番外一

一重现实

大二上学期。

周五下午没课。

戚长璇约了同城不同大学的崔笛子一块喝下午茶。

经过高中两年的熏陶，崔笛子深得陈斯圆的真传，刚见面就一股脑地说八卦给戚长璇听，从辅导员新交的女朋友说到同寝室的室友们又闹矛盾了，搞得她左右为难。

说完，崔笛子感慨：“好怀念我们以前的时光啊。”

戚长璇说：“现在也不赖。”

大家虽然天各一方，不知道多久才能重新聚在一块，但微信群里总是热热闹闹的，谁谁谁新交了女朋友，谁谁谁赚到了人生中第一桶金，谁谁谁偶遇了明星，谁谁谁计划去短途旅行，总会第一时间分享出来。他们大多按照自己规划好的轨迹不紧不慢地前行着，除了莫鲤。

莫鲤的成绩虽然进步很大，但离目标还是差了一截，计划赶不上变化，她没能如愿和宿淮考上同一所大学。第二志愿的学校和宿淮所在的大学隔得很远，在两个不同的省份，想要见面要坐十多个小时的火车。

短暂的沮丧过后，他们打起了精神，毕竟，距离和时间阻隔不了什么，四年而已，未来还长。

崔笛子好奇地问："你呢？你和程逾巳最近怎么样了？"

"他呀。"戚长璇单手撑着下巴，眉眼里是掩饰不住的笑意，"还是那样呗。"

程逾巳脑子里所知道的知识远超这个世界，他没有继续读书的打算，但想在地球上生活束缚良多，总要找点事情做，于是他在戚长璇的怂恿下开了一家青年旅社，大小事务都甩手交给手下的员工。这里是个旅游城市，游客络绎不绝，倒也能赚不少钱。

她和崔笛子每回约见面，都是在这家青旅里，休闲娱乐一应俱全，是个聚会的好地方。

戚长璇跟崔笛子吐槽："我经常被他气个半死。"

崔笛子乐呵呵地说："你们还是这么甜蜜。"

戚长璇眉头一竖："还？甜蜜？我们之前什么时候甜蜜过？"

"以前你们老是互怼，明显就是欢喜冤家。"

戚长璇撇撇嘴："明明是他单方面惹我生气好不好？"

崔笛子低头按了几下手机，拎着包站了起来，笑眯眯地说："我男朋友来接我了，我先走啦。"

戚长璇扭头，果然见崔笛子的男友在门外等。

崔笛子的男朋友身材圆润，模样憨态可掬，他对崔笛子很好，朋友圈里总能见崔笛子坦坦荡荡地秀恩爱。

戚长璇挥手跟他们作别。

戚长璇正望着他们离开的背影出神，猝不及防耳朵被人揪住。

程逾巳在她耳旁轻笑道："又说我什么坏话？"

知道来人是谁，也知道他会心疼，她肆无忌惮地委屈地喊："疼！"

他没用力，揉了一下她的耳垂就松开手。

等程逾巳在刚才崔笛子的位置上坐下，戚长璇才笑着说："哪能啊，我什么时候说过你坏话？"

程逾巳冷哼一声。

旁边有懂事的员工殷勤地替戚长璇续杯："老板娘喝水。"

戚长璇毫不脸红，大大方方地应："谢谢你，辛苦啦。"

等员工走远，程逾巳微微挑眉："老板娘？"

戚长璇理直气壮道："不是吗？难不成你还想找别人当老板娘？"

他手指在木桌上轻叩："想当这儿的老板娘可是有很多条件的。"

"你说说？"

"洗衣、做饭、招呼客人是基本的。"

"嗯哼？"

"打扫房间修理家具要是会更好，偶尔还得帮客人照顾照顾小孩。"

戚长璇故意一脸震惊："你说巧不巧，偏偏这几样我都没占！"

程逾巳似笑非笑的。

戚长璇嫌弃道："你这是招老板娘，还是招全职保姆呢？要求这么多？"

他叹口气道："实在都不会就算了，只要今天恰好穿着红色的裙子，背着白色的挎包就行，矮一点我也忍了。"

戚长璇愣了愣，觉得他简直是在闹着玩。

听见几个员工在偷笑，她一低头才发现，他形容的就是自己。

她好笑又好气道："谁矮了？"

晚饭是店里的师傅做的，味道很好。

吃完晚饭后，戚长璇拉着程逾巳在外面散步。

市中心有一个很大的摩天轮，平时排队的人很多，今天却很空。

机会难得，戚长璇催促着程逾巳买了票。

“你知道摩天轮的传说吗？”

“传说都是骗小孩的。”

戚长璇不理他煞风景的话，眼睛亮晶晶地瞅着他道：“传说，摩天轮到达最高点的时候，与恋人接吻，就会一直幸福下去。”

程逾巳不屑道：“果然是骗人的。”

戚长璇：“……”

摩天轮一点点上升。

万家灯火距离他们越来越远。

戚长璇兴致不高，望着窗外发呆。

程逾巳察觉出她的情绪，解释说：“我们星球的人素来不信传说。”

他握住她的手，笃定地说：“我们只信自己。”

戚长璇无奈，他连解释的话都要说得这么自大：“看出来了。”

看出来了，即便不信传说，我们也能得到幸福。

心情逐渐好转，她问：“对了，我从没问过你，你当初是怎么来到地球的？”

一顿，她瞪大眼睛警惕地问：“你当初不会是想要攻打地球，征服地球吧？”越想她越觉得有可能，“作为铁骨铮铮的地球人，我可不会卖球求荣的。”

瞟他一眼，见他在笑，她振振有词：“想都别想，美男计也不行。”

程逾已一把抓住她胡乱挥动的手，嗤笑：“我的族人没这么闲。”

“那你当年怎么会来地球？”

“旅游。”

“旅游？来地球旅游吗？那你旅游结束，怎么没回去？”

“地球还没达到适合星级旅游的标准。”

戚长璇反唇相讥：“明明是你们吃不惯地球的食物，还赖地球。”

程逾已说：“我是去别的星系旅游途中经过地球上空，飞行器出故障，通信设备也坏了，迫降到了地球。”他有一瞬陷入了回忆里，“那时候我年纪小，语言不通，水土不服，没人知道我在这里。”

戚长璇想明白了：“所以你之前说你恢复正常会回母星，是骗我的，其实是你根本走不了？”

程逾已勾起嘴角不置可否。

他不打算告诉她，其实在两千年前，他的飞行器便已经修好了，那时没打算走，现在更不会走。凭他的身体素质，过了这么久才勉强适应地球的环境，换作她，是根本无法在他的星球存活的。

扫了眼外头的景致，看着她仰着头张牙舞爪的样子，他弯唇低头吻了她一下，提醒她："到达顶点了。"

戚长璇一愣："什么？"

"你不是信传说吗？"见她还是半晌没反应过来，他促狭地笑，"既然你信，试试也无妨，反正我也不吃亏。"

戚长璇气哼哼地拉扯着他的脸，以掩饰自己的害羞："既然你不是来征服地球的，那你惨了，你独身一人待在地球，无依无靠的，肯定会被欺负的。"

他微微眯眼："哦？"

她无视他威胁的眼神，狡黠地笑着搂住他的脖颈："来自地球的戚长璇今天郑重宣布，我要征服你。"

他顺势搂住她，素来淡漠的眼里流露出只对她展露的温情。

"来自第五星系伽里星的程逾巳，心甘情愿被你征服。"

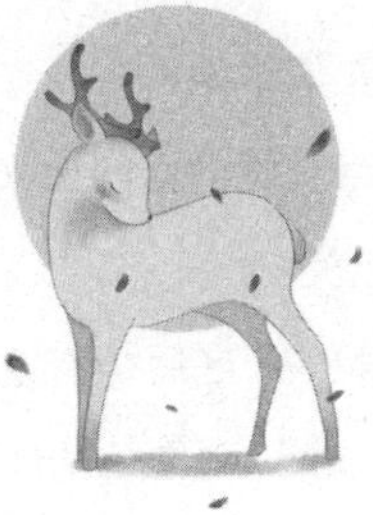

番外二

一重梦境

世人皆知，为国立下赫赫战功的程大将军有一个独女。

生母产下她后便早早离世，独女自幼体弱，程大将军特意在山清水秀的茯州为她建了一处府邸，安排专人照顾，把她保护得很好。

从未有人见过小姐长什么模样，也从未有人知道小姐叫什么名字。

小姐的一切都是谜。

“我姓程，府上的人都叫我一声小姐，我们这里的规矩是女子及笄之年方可取名，所以我没有名字。但我爹唤我一声阿蔻，你也可以叫我阿蔻。”

她声音清脆，眼眸纯净得仿佛山泉之水，毫无保留地把自己展露在他面前。

少年没说话，他太饿了，把阿蔻带给他的三个梨吃了个干净。他下意识对入口的食物反胃，却不想当着她的面吐出来。

空气、水，一切的一切都难以忍受。

阿蔻认真地看着他："我听嬷嬷说，这后山有吃人的精怪，除了采药人，寻常人轻易进来不得。"她又问，"你是精怪吗？"

他听不懂她的话，自然无法回答。

阿蔻很有耐心："嬷嬷说，精怪都长得很好看，他们吸人精血，吃人骨肉，很是可怕。我看你的模样，倒是很像精怪。"她笑弯了眼，"但我可不是寻常人哦，我不怕你。"

自言自语说了好一通话，太阳渐渐下山，阿蔻心满意足地站起来："嬷嬷该找我了，我回去了，明天再来看你。"

走出几步远，她又退回来："在这里等我。"

一天、两天、三天，一个月、两个月、三个月。

她每天都来后山找他，而他真的一直待在那里，从未离开过。

后山有一处闲置的竹屋，是猎户的临时居所，自精怪传闻流传开后，便再没有人敢上山，现在俨然成了她的另一个家。

他不说话，她也不急，带着纸笔学着教书先生的样子一个字一个字教他。他学得很快，她几年才学会的内容，他几个月便全部掌握了。

阿蔻扬扬得意，觉得自己比教书先生还要厉害。

她长到这么大，从未见过别的同龄人。

她知道他的来历，而他也知晓她的身世，他是她最亲密的伙伴。

午后。

阿蔻借故午睡，再次偷偷从后门溜了出来。

她从竹屋里翻出一把斧头，有模有样地打算劈柴，但她从小娇生惯养，根本控制不好力道，一下子砸到了脚。

“哎哟！”她疼得整张脸皱成一团。

正在屋内写字的少年跑出来，满脸焦急：“怎么了？痛不痛？”

阿蔻泪眼汪汪装哭：“很痛。”

少年有些手足无措：“你……你好端端的劈柴做什么？”

她委屈地说：“我想做顿饭给你吃。”

“爹老说我身体不好，让我静养，可我老觉得他是故意吓唬我，劈柴而已，很简单的。”她抱着伤腿在原地蹦跶了两下，“你看，我身强力壮，哪有他说得那么柔弱？”

少年僵了僵，半晌才说：“不用。”

“嬷嬷说，要荤素搭配才行，我知道你吃不惯别的食物，可你从不吃肉，身体怎么能扛得住？”

少年气急：“嬷嬷说，嬷嬷说，你就没有自己的想法吗？是不是以后嬷嬷发现你偷溜出来，勒令你不准你再出来，你就真的不会再来了？”

阿蔻愣了愣，偏头打量他：“你生气了？”

少年固执地扭过头："没有。"

阿蔻露齿一笑："不会的。"她举起手指信誓旦旦地保证，"你放心！我保证，绝对不会离开你的，谁也不能将我们分开。"

说完，她脸颊微红，有些不好意思。

少年也有些愣怔，耳垂一下子红透了。

日子不紧不慢地溜走，懵懂的少男少女逐渐长大。

阿蔻却违背了承诺，接连好几日没去找他。

于是，他亲自去她的府邸寻她。

他这才知道，阿蔻每天溜出门的事被发现了。嬷嬷其实一直知情，嬷嬷心疼她，有意帮她瞒着，可她正好被打胜仗归来的将军发现了，她被狠狠训斥了一顿。

找到她的时候，她体内隐藏多年的旧疾暴发，病倒在床上。

刚一睁开眼，她就看到了他。

她又急又怒："你怎么来了？你快走……"

少年探了探她的额头："我很想你。"

阿蔻怔了怔，弯唇一笑："我知道。"

她轻声说："我爹回来了，他说帮我定了一门亲事。"

少年的脸色倏地变白："你……怎么说？"

阿蔻勉强笑了笑："我想着，那个人我从未见过，我不知道他是怎样的人，他也不明白我的性子……我爹常说我很任性，万一他不能包容我怎么办？”

他没说话。

“还有啊，还有一个最重要的原因。”

阿蔻迷迷糊糊，手指紧紧抓住他的衣襟，轻轻喃喃了句什么。

程逾已没听清，凑近她：“什么？”

她一字一顿道：“我心悦之人，是你。”

少年紧紧攥着她的手：“让我去跟你的父亲说。”

……

剑插入胸膛的那一刻，她想了很多。

她第一次见到他，她教会他说话，教会他写字，她趁他睡着偷偷亲他的脸颊……

她忽然觉得，这一辈子虽然短暂，但也值得了。

她来不及跟他多解释什么，官兵近在咫尺，倘若他们发现了他，有千万种手段折磨他，让他生不如死。

她抱住他渐渐软下来的身体，试图帮他止住不断涌出来的鲜血。

她望着他喃喃：“阿已，我好害怕。”

“……”

“你……你怕吗？”

“……”

“你一定很怕吧？你远离家乡，没有亲人在身旁，你只认识我，你这么孤单。”

“……”

“我知道你想回家，可你为什么不走呢？刚才我这么骂你，你为什么还是不肯走？”

“……”

“我保证过，绝对不会离开你的，谁也不能将我们分开，你还记得吗？”

“……”

“包括……死亡。”

图书在版编目（CIP）数据

初恋的小鹿怦怦跳 / 鹿拾尔著. -- 南昌：百花洲文艺出版社, 2019.4（2021.4重印）
ISBN 978-7-5500-3206-4

Ⅰ. ①初… Ⅱ. ①鹿… Ⅲ. ①长篇小说－中国－当代 Ⅳ. ①I247.5

中国版本图书馆CIP数据核字(2019)第039757号

初恋的小鹿怦怦跳

鹿拾尔 著

责任编辑 余丽丽
特约编辑 杨吉晨
装帧设计 刘 艳
内页设计 西 楼
特约绘制 大垣子 Ain
出 版 者 百花洲文艺出版社
社 址 江西省南昌市红谷滩世贸路898号博能中心A座20楼 邮编：330038
电 话 0791-86895108（发行热线） 0791-86894790（编辑热线）
网 址 http://www.bhzwy.com
E-mail bhzwy0791@163.com
经 销 全国新华书店
印 刷 北京时尚印佳彩色印刷有限公司
开 本 880mm×1230mm 1/32
印 张 9.125
字 数 178千字
版 次 2019年4月第1版
印 次 2019年4月第1次印刷
2021年4月第2次印刷
书 号 ISBN 978-7-5500-3206-4
定 价 46.80元

赣版权登字：05-2019-59